愿你出走半生
归来仍有故乡

景 桥 著

九州出版社 JIUZHOUPRESS｜全国百佳图书出版单位

图书在版编目（CIP）数据

愿你出走半生　归来仍有故乡 / 景桥著. -- 北京：
九州出版社, 2020.12

ISBN 978-7-5108-9824-2

Ⅰ.①愿… Ⅱ.①景… Ⅲ.①随笔－作品集－中国－
当代 Ⅳ.①I267.1

中国版本图书馆CIP数据核字（2020）第224944号

愿你出走半生　归来仍有故乡

作　　者	景　桥
出版发行	九州出版社
责任编辑	张皖莉
地　　址	北京市西城区阜外大街甲35号（100037）
发行电话	（010）68992190/3/5/6
网　　址	www.jiuzhoupress.com
电子信箱	jiuzhou@jiuzhoupress.com
印　　刷	三河市兴博印务有限公司
开　　本	880毫米×1230毫米　32开
印　　张	9.25
字　　数	190千
版　　次	2020年12月第1版
印　　次	2020年12月第1次印刷
书　　号	ISBN 978-7-5108-9824-2
定　　价	45.00元

街头的歌　温暖你我——为赶路的人干杯（代序）

夜深的城市，华灯璀璨，车龙依旧。夹杂于行色匆匆的夜归人中，我忽然停住了脚步。

街的转角处，一位卖唱者，弹着吉他，正深情款款吟唱着赵雷的《成都》。远远近近站着十来个人，悠闲地注目观看，不似我们夜归人般脚步匆忙。严格说，他并不像一个卖唱者。他双眼微闭，15度角仰望着星空，似乎并不关心多少人在听，更没打量不远处散落着零币的吉他箱。

感性十足的男声拉住了我的脚步。他正唱到高潮部分，"和我在成都的街头走一走 / 直到所有的灯都熄灭了也不停留 / 你会挽着我的衣袖 / 我会把手揣进裤兜 / 走到玉林路的尽头 / 坐在小酒馆的门口"。

有零散的掌声，孤独地响起。晚风拂来，我的耳根一下子软了，疲倦的心慢慢融化、熨平，整整一天上班、加班的疲倦困怠，似乎瞬间蒸发。

这时，人行道两旁的绿灯亮起，"嘟、嘟、嘟"，提醒着行人尽快通过。

我竟然迈不开脚步。想着，再听一会吧。

我是个夜归人，也是个过客。城市的深处，还有一盏灯火在等我。

但是，为了你，我愿意再等多一个红绿灯。

二

言为心志，歌由心生。

我有一位同事，大概 2008、2009 年的时候，去云南丽江自驾游，听到街头拖着高功放音响卖唱片的流动商贩在播放侃侃的《滴答》，当机立断买下一张。4 年以后，这首歌风靡全国，成为《北京爱情故事》主题曲，并登录 2013 年春晚。

2017 年 2 月，有一位女孩，在东京的街头，听一位男子抱着吉他用日语唱着 Beyond 的《海阔天空》。女孩想起了遥远的家和祖国，情不自禁轻声用粤语和唱。不曾想，这位男子随即也转用粤语同唱，女孩顷刻泪飞如雨。

应该也是年初，有一段小视频忽然就风靡于天南海北各大微信群、朋友圈。

两位清纯质朴的女孩，略带羞涩地，唱着高安的《我是否也在你心中》。着浅绿色羽绒服的姑娘，熟练地弹着吉他低吟伴唱，另一位系着暗红围巾的姑娘担任主唱。表情格外真实，歌声清越深情，一下子就撩拨了大家内心深处的琴弦。这是源自生活中最真实的声音，也是最平凡、最底层的声音，最能俘获人心。

愿你出走半生　归来仍有故乡

据说，两位女孩是安徽望江人士，但未经证实。她们只是唱着，"无论风雨中 / 无论世界多冰冷 / 我的心里早已把你深种"。

2016 年 6 月，还有一段朋友圈自发流传的视频，是蒙古族歌手苏勒亚其其格唱的《歌在飞》。

十分奇怪，这首歌之前早已发行，一直不愠不火，正如这位歌手的声名。然而，当她在一个蒙古包的宴席上，即兴演唱后，一夜间便红遍大江南北。

缘何？这才是最接地气、最有烟火色的歌声，也最能打动你我。

她也只是唱着，"如痴如醉真情似流水 / 一封家书落下相思泪"。

三

不知道，您有没有读过词作者苏拉的散文《岁月成歌》？

有一个晚上，临睡前在网上无意中翻到这篇文章。我觉得，这是我读过的最好的散文之一。篇幅并不短，读完已然凌晨 1 点。窗外一片漆黑，回首前尘，无法不潸然泪下。

在她人的故事里，我咀嚼自己的悲欢。

苏拉，一位平凡且并不愿出名的中学语文教师，同时也是一位著名词作者。

七零后、八零后应该记忆犹新，由她填词的著名歌曲有：《晚秋》《晚霞中的红蜻蜓》《你看蓝蓝的天》《星星是我看你的眼睛》

《伤心雨》《其实我已不在意》等。这些歌，也是街头的歌，90年代，哪一首都能在街头巷尾的录音机、黑白电视机里听到。今时今日，仍为经典。

《岁月成歌》，讲的是苏拉的成长心路。她娓娓道来，不疾不徐，回忆了自己大学毕业被分配当了教师，又如何因为一种冥冥的奇缘，成了著名词作者。里面，有她和著名音乐人朱德荣（《九月九的酒》的原唱）、许建强、麦子杰等人的聚散故事，有悲欢离合、成功失败、人生沉浮、人际冷暖，都是深深浅浅、浓浓淡淡、酸酸甜甜、坎坎坷坷的人生。

印象特别深刻的一个细节是，苏拉 1989 年被分配到广雅中学任教时，她父亲送她到广州落脚。因为要赶第二天的火车，两人决定在广州火车站将就一夜。车站管理员用绳子在广场围了一个大圈，以两块钱一位的价格出租草席。但两人没能舍得这几块钱，更别提去旅社。

于是，两人一整晚被管理者从一个角落赶到另一个角落。苏拉惊魂未定，在一块窄窄的石阶上迷糊了一阵，翻身却摔到地上，而她年近六十的父亲就在一旁坐到天亮。

多年以后，苏拉喜欢坐在广州火车站对面的流花宾馆，透过玻璃窗看对面广场密密麻麻的人群。

隔着落地窗，看见众生，看见前尘，看见苏拉自己独一无二的人生。

无疑，苏拉是一个特别安静、却又特别温暖的女子。

即便到了二十一世纪，她已逐渐淡出人世繁华，极少作词，却愿意为了昔日旧友，重出江湖，写出《我在春天等你》的绝美歌词。

1993 年，《晚秋》里唱着，"在这个陪着枫叶飘零的晚秋 / 才知道你不是我一生的所有 / 蓦然又回首 / 是牵强的笑容 / 那多少往事飘散在风中"。

2012 年，《我在春天等你》里唱着，"淡淡思念 / 淡淡紫丁的芬芳 / 静静远去 / 静静时光的流淌 / 往事经过的地方 / 美丽的惆怅 / 就像那年那夜满天的星光"。

所有的岁月，都将吟唱成一曲经典。

四

天地渺渺，你我沙鸥。同在天涯，寄身海角。

在这拥挤的城市中、汹涌的人潮里，你和我，皆是凡人，淹没在芸芸众生。我们赶公交、挤地铁、避堵车，上班快迟到了跑得气喘吁吁，遇到夏季的突发暴雨，瞬间给淋成了落汤鸡。

在街角、在天桥、在人行道、在隧道、在咖啡馆旁，我们行色匆匆。相遇，随即又擦肩而过。

我们都在赶路，我们也是歌者。赶人生的路，唱自己的歌。

然后，我们也终将归于寂静无声，化作尘埃。

《三体》中说，宇宙之外还有宇宙。《庄子》也说，"无穷之外复无穷也"。

在这浩瀚的星辰里，在这无涯的岁月里，你我虽为凡人，却固执地在这世界一角，默默做着一些事情，只为证明自己的存在，来过、活过、爱过，拼搏过、付出过、流泪过、呐喊过、温暖过、收获过。

每一个人都有每一个人的歌，每一代人也都有每一代人的歌。

50年代的《东方红》，60年代的《南泥湾》，70年代的《小李飞刀》，80年代的《上海滩》，90年代的《伤心太平洋》等。

一代人、一代歌、一代记忆，代代传承无穷已。

这也正如，每一代人都有每一代人的长征路，每一个人都有每一个人的长征路。

既是歌者，也是行者。一路风雨一路歌，且歌且行且珍惜。

想起了历史上那些著名的行者、歌者。孔丘周游列国印证所学，传唱的是《论语》；玄奘不远万里求经西竺，传唱的《佛经》；徐霞客登峰涉险游历山川，传唱的是《徐霞客游记》；红军长征二万五，传唱的是《星星之火可以燎原》。

一直觉得，风雨兼程的行者之旅、歌者之旅，是这世间最美妙的境界。因为时时、人人都在赶路，生命的吸引力永远在于未知。"我还年轻，我渴望上路"，这是踌躇满志；"壮年听雨客舟上，江阔云低、断雁叫西风"，这是成熟练达；"柴门闻犬吠，风雪夜归人"，这是苍凉中透着淡然。

五

我是一个简单的人，经常将一首歌设置成循环播放，昏天暗地地听。

有次，看网络小说《懈寄生》，凄惨悱恻的一个故事。那个晚上，我看着书，听了一整晚的邓丽君的《小城故事》。

后来，在无意之中，再次打开那本小说，耳边竟不由自主地响起《小城故事》中，那淡淡浅浅忧伤的旋律。似乎我的脑干细胞已被这两者磁化链接。这是一种毫无根由的缘分。

2017年4月，尝试开通了自己的公众号。微信说："再小的个体，也有自己的品牌"。一个平凡的人，表达着自己的观点，渴望被倾听、关注、点赞。而不管，这观点是时代强音，还是一家细语。

虽然平凡，不甘平淡；虽然弱小，不甘卑微；虽然底层，不甘堕落。近乎固执地，倔强于世，不屈于俗，不囿于命。

身为泯然大众的一员，我有一份困身忙碌的工作，时常早出晚归、加班加点。但这并不影响我写字的热情，自谓"仰望星空，脚踏实地"。

所幸，得到了很多陌生人的关注和支持，这让我热泪盈眶。每周坚持利用休息时间，熬出一篇小文，被关注者传读，我总能感觉到一种浓烈的属于个体生命的自由感、存在感。

正因此，在公众号的冬天里出生的"你的景和我的桥"，也创造了一些奇迹。

2017年7月1日，彼时景桥公号关注者尚不到300人。一篇写香港特首的温暖文章喜提"双十万+"，不算转载，仅景桥公号阅读量便达到600万。

到了这一年10月，《他三十年不回家被骂"不孝"，我们都欠他一份敬意》，仅景桥公号阅读量便达270万，留言2624条。

该文被人民日报公号等相继转载，是微信公众号首篇写黄旭华老先生事迹阅读破千万的文章，后引发众多公众号共同写黄旭华老先生、一起传递温暖的现象。

2018年清明节，原创《清明为什么要回乡扫墓，这是我听过最好的答案！》一文，引发全国及华人圈现象级热读，获得广大读者温暖深切共鸣。作为一个仅数万关注者的小号，景桥公号阅读量逾300万，留言数千条；人民日报公号转载后，24小时内阅读量即达900万，点赞9万+；迄今，累计有上千家公众号转载此文，各大门户网站、电视台、纸媒纷纷传播，全网阅读量数以亿计。2019年清明节，人民日报当日再次转载此文，并于当晚在"夜读"栏目转载景桥另一篇清明专题文章《没有爷爷奶奶的清明节》，创造人民日报公号"一文两次转载""一日转载同一作者两文"的记录。

另有写父爱母爱文章（获新华社"静夜思"栏目转载）等诸多热文，乡愁系列暖文亦聚集起一大批深具家国情怀的读者朋友，引发广大共鸣。

盘点过去，景桥公号关注者不过数万，却也创造过2篇"双十万+"、4篇"百万+"、30多篇"十万+"，引发过一些现象级的阅读和写作，也算难得，精神之满足和愉悦，是很难用笔墨形容的。

对于每一个留言，我也格外珍惜，总小心翼翼又近乎较真地回复。

一位九江66岁的阿姨发来长文勉励我。

有诸多"果断关注"的朋友，还特意去浏览了我之前发的文章，关注、留言、点赞，予我意外的惊喜，以及不断前行的无穷勇气、信心和力量。

一位关注者留言说：文章不多，很接地气；迟来的关注，还好遇见。

回复：能够相遇，都是莫大的缘分。

因为深知，这一路走来，磕磕碰碰，坎坎坷坷，行过无数的山，淌过不尽的水，阅过千般的景，都不如此刻的你。

六

万家灯火，一盏足暖人心。

既是陌生人，也是知音人。只要还有一个倾听者，我便足以唱下去。

素昧平生，从不曾相逢。山水一程，风雪再一程。但是，请你相信，陌生的歌者、孤独的行者，为了你，我愿意再等多一个红绿灯。

此时此刻，心底涌起无穷的祝福。

因为街头的歌，温暖了你和我。不一定非得阳春白雪，不一定非得歌剧院、音乐会，街头的歌，是你我的歌，也是生命的歌。

正如苏拉的词，"我在春天等你，山川岁月的约定，如果你抬头看见那天上飘着云，那是我们今生最美的相遇"。

正如海子的诗，"陌生人，我也为你祝福，愿你有一个灿烂的前程，愿你有情人终成眷属，愿你在尘世获得幸福"。

正如《为赶路的人干杯》中的祝酒词,"祝今天夜里赶路的人身体健康,但愿他的干粮足够维持到底,他的一群狗始终不垮,但愿他的火柴永远不会划不出火"。

　　来,让我们一起赶这趟人生路。

　　来,让我们一起举杯,为你、为我,为所有赶路的人干杯。

目录

乡愁节韵

第一卷

◇

第三卷 ◇

千年一愁

第四卷 ◇

第五卷 ◇

第一卷

乡愁节韵

清明为什么要回乡扫墓，这是我听过最好的答案

　　清明时节雨，纷纷路上行人。又到一年一度风清景明时节，梨花风起，点点哀思。

　　无意间，瞥见单位清明节职工请假表，好家伙，竟有1/3多的人返乡，理由无非四个字"回乡扫墓"！

　　有的跨市，有的跨省；有的高铁，有的"飞的"。再看新闻，清明被国家定为法定假日后，旅客输送量年均增长10%以上，航空公司竟一票难求。

　　千里迢迢，匆匆赶路。原来，除了纷纷春雨，还有纷纷归人！

　　记得年幼，每逢清明，爷爷都要带上我们几个小孩去扫墓。山草野径中的坟茔里，葬着爷爷的爷爷、爷爷的父母——虽然我们素未谋面。

　　而那时，我们总能碰到达伯，两家亲人的坟茔紧挨着。

　　他是家中独子，早年赴外省高校任教、娶妻生子、事业有成。十多年前，父母双亡后，他基本不回乡过年了。唯独每年清明，不远千里，总得返乡。虽然他已步履蹒跚、双鬓斑白！

愿你出走半生　归来仍有故乡

去年清明，我返乡给爷爷扫墓，又碰到了达伯。

我颇有疑惑："您年纪也大了，为什么每年还要坚持回乡扫墓呢？"

"侄子呀"，他站在他父母的坟前说："人这一辈子，只有站在这里，才知道自己从何而来，将向何处！"

一二

曾听说，人的一生会死亡三次：

第一次：是断气的那一刻，从生物学角度来说死亡；

第二次：是举行葬礼的时候，这一刻你的身份将会在这个世界上抹除；

第三次：是这世界最后一个记得你的人死亡。这一刻将是真正的死亡，从此不会有人知道你来过这个世界。

扫墓途中，爷爷肩扛锄头、手拎祭品，边走边讲祖辈的陈年往事——他们如何来到这个山村，如何遭遇乱世如麻，如何遍尝人世苦楚，如何艰辛创业起家，如何不幸离开人世。

年年讲、年年复，一遍一遍，永不厌烦。

冬去春来，草木萌生。

待到砍枝锄草、翻沟培土，隐没在山林间的旧坟顿然一新。此时，爷爷以极其神圣的表情，摆上祭品，铺上麻纸，点燃纸钱，引导我们相继跪拜，口里念叨着请祖先保佑之类的话。

末了，还会燃一挂鞭。大山深处，纸烟四起，鞭炮声此起彼伏。

正是，清明几处有新烟，满坡哀思与尘埃。

因与祖辈并不相识，小孩们自然谈不上感情，也没什么哀愁。反倒因为这种肃穆庄严的满满仪式感，觉得好玩、新奇、兴奋。

每次扫墓归来，爷爷总要意味深长叮嘱我们："我讲的这些古，你们要牢牢记在心里。"而我们，总似懂非懂点点头。

看电影《寻梦环游记》，当听到主题曲 remember me 响起时，我想起当年爷爷叮嘱的话语，男儿泪竟夺眶而出。

如今，爷爷早已作古。他讲的那些古，我也早已忘却。唯有和爷爷生活的点滴，竟恍若昨日。

我是谁，从哪来，到哪去？这是哲学的三大终极之问。

从哪来？静立茔冢默然，你便会追寻到这个答案。

你来自父母，父母来自祖父母，祖祖辈辈，总会有根，总归有源。

开枝散叶。枝再繁，叶再茂，扎向大地的根，只有一处。

这就是融入血脉中的眷念，是我们的来处。父母在，人生尚有来处；父母去，人生只剩归途。

这样的季节，总会牵动几许思念、几许哀愁。你会不由自主想起很多人、很多事，可能也只是几声离别时的切切虫鸣，一缕农家黄昏的袅袅炊烟，半点夜深幽梦里的婉然音容。

生者寻根，叶落归根。有人烟处，必有血脉传承。难怪有人说，清明节就是中国的感恩节！

在国外漂泊多年的意大利中国商会会长姜文耀，每年清明，不远万里，漂洋过海，携家眷回乡扫墓。他说："我们这一代华侨，对祖国和家乡的感情最深，我们是从这里走出去的，不能忘本！"

国学大师季羡林6岁离家求学，90高龄还回乡扫墓，扑通一下跪倒在父母坟墓前，不住磕头。回京后，他写下长达2.4万字的《故乡行》，说："娘啊，这恐怕是你儿子最后一次来给您扫墓了，将来我要睡在您的身旁！"

青年散文家林萧坦言："爷爷今年八十多岁了，奶奶眼睛也失明好几年了。每当想起爷爷撑着一根拐杖、提着竹篮独自行走在荒野之间，他佝偻着腰身在坟头上扯杂草的情形，我的眼泪不由簌簌而下。"

前几天，90高龄的赵宝学老人坐着轮椅去给父母扫墓，"我今年九十岁啦，岁月不饶人，也不知道还能再来几次，来一次就少一次了"，老人伸手摸了摸墓碑，低声说："爸妈，儿子来看你们了。"

2017年4月，台湾一对90岁高龄的老夫妇，返浙扫墓。有时候，思念不但生死有别，还隔着深深又浅浅的海峡。

而慎终追远、归宗溯祖，是族谱上一页页一排排泛黄陌生的名字；再远，是华夏民族、是尧舜禹，是元谋人、是山顶洞人，是非洲大陆几只古老的猿猴，是浩瀚星辰里的一块陨石里孕育的生命之源。

四

到哪去？

静立茔冢默然，你同样会得到答案。草长莺飞，清明有雨。万物灵长，有生有死。

　　唐伯虎《桃花庵歌》"世人笑我太疯癫，我笑他人看不穿。不见五陵豪杰墓，无花无酒锄作田"，红楼梦《好了歌》也唱："古今将相今何在，荒冢一堆草没了。"

　　不管是谁，多么伟大，这世间终将忘记你的存在，"风雨梨花寒食过，几家坟上子孙来？"就连地球文明，大概总归也会遭遇《三体》的结局，"前不见古人，后不见来者，念天地之悠悠，独怆然而涕下！"

　　这样一想，很多事自可淡然、豁然、悠然、乐然、坦然。

　　于丹说："清明节时分往往是洗心之时。清明，多少人能清？多少人能明？"

　　清明时节，教我做人。清洁、清廉、清净，无非一个清白；明事、明礼、明法，无非一个明白！清白明白之人，自有清风拂面涤心，自有明月皎洁般的真善美。

　　红尘滚滚、功名利禄，如果你过于执着、拿不起放不下，为权、为钱、为名、为情黯然神伤，不妨清明时分去扫墓。

　　那里，自有另一种答案，让你心如止水、超然物外！清爽做人，清白做事，足矣！岂能事事如意，但求无愧于心！

五

　　我是谁？

　　当你明白了"从哪来、到哪去"，"我是谁"似已豁然开朗！

愿你出走半生　归来仍有故乡

花开花落，云卷云舒。你是人子（女），你是人父（母），你是人夫（妻），你是华夏血脉，你是人类赤子。

难怪有人说，清明祭祖，彰显的是一种血脉的传承和责任。

来到这世间，你安身立命，拥有自己的角色，承担相应的责任。

要珍惜和父母子女的缘分，"所谓父女母子一场，只不过意味着，你和他的缘分就是今生今世不断地在目送他的背影渐行渐远"；漂泊在外，记得常回家看看，"父母之年，不可不知也。一则以喜，一则以惧"；要珍惜夫妻之情，"君埋泉下泥销骨，我寄人间雪满头"；要珍惜身体、时光和朋友，惜缘惜福，知敬畏懂感恩，"人生有酒须当醉，一滴何曾到九泉！"

清明是责任、是感恩，是哀思、是心静，是思接千载、神游万仞，是传承、是教育。清明，更像一种精神。

我有一个同事，每年清明回乡，一定要带上自己的小孩。祭祖之时，全家人肃然默立，他会将早已写好的祭词朗声诵读。那一刻，天地和时间同时静止，小孩竟也沉默。

他说，这种难得的经历，让小孩慢慢知晓了血脉的延续，懂得了生命一代代传承的使命，体味了责任、礼仪和感恩，这比言传一百遍更有效。潜移默化、身体力行之中，小小年纪的他，深深领会了"百善孝为先"的道理！

因小见大，由此及彼。这可能也是岳姓人非要去杭州忠烈祠，各地华人非要去西安黄帝陵的原因吧！家国情怀，也寄寓于这清明的一跪一拜的祭奠之中。

没有谁是一个孤岛。当你将自我置身于宇宙中各种千丝万缕的联系中时，你就一定能找到自己的方位！

六

有人说，清明是一种迷信旧俗，我不赞同；有人说，清明是一种浪费形式，我不赞同；有人说，距离太远，干脆在网上团购300至500元一次的扫墓服务，我不赞同。

很多人，琐务缠身，无法返乡。但请记住，如果有条件了，即便人在天涯鬓已斑，也定要多回乡扫墓，回一次少一次！实在没条件，心底亦可过清明，毕竟，装在心里胜过一切。

耳畔不由得又响起达伯的话："人这一辈子，只有站在这里，才知道自己从何而来，将向何处！"

梨花风起正清明。今年你回乡扫墓了吗？和你同行的是谁？你又在思念谁？

愿你出走半生　归来仍有故乡

农家谷雨时节，最忙种田采茶

描绘雨的词不可胜数，春雨、冬雨、丝雨、梅雨、绵雨、冻雨、山雨、暴雨、骤雨、箭雨、倾盆大雨、瓢泼大雨、霏霏淫雨、滂沱大雨、斜风冷雨、牛毛细雨……

除了雨的千变万化，更叹服于汉字意蕴的出神入化。

但倘问，哪一组词最是动人心暖人心，实非"谷雨"莫属。

谷雨，将农作物"谷"和天气"雨"，毫无违和感地组合，恰似因缘际会天作之合，造出这意境幽远的人间妙词。

谷雨，春季的最后一个节气，也是二十四节里唯一能将物候、时令和农事融为一体的节气。

一个"谷"字，一个"雨"字，横竖撇捺点，寥寥数笔，便能从这造字的形体里，见到润如酥贵如油的"春雨"，见到农人戴着斗笠弯腰采茶插秧的劳作身影，以及那雨后万物露尖抽绿的勃勃生机。

古人有言："雨生百谷""谷雨，谷得雨而生也"，皆蕴涵着水为生命之源的哲理。"清明断雪、谷雨断霜"，过了谷雨，气候更暖，雨水丰沛，土壤松动，万物迎来最旺盛的生长期。

在我的故乡江南，丘陵起伏连绵之处，梯田一片片，梯地一坡坡，每逢谷雨，也迎来了农忙耕种的季节。

小时候，约莫谷雨后，便到了插秧播种的时节。水稻秧苗早选了一块最肥沃的秧田育好，一块块长方形的秧苗区里，弯弯插上拱形竹条，并在上面覆盖一层白色薄膜，既透光又保温，还能避免偶尔的暴雨袭击，可谓呵护备至。

我们那个村子，每家每户"栽禾"，都会挑一个合适的日子，请上村里种田的行家里手帮忙。

"栽禾"前夜，奶奶便会在灶台边忙到深夜，因为请了人干活，得准备好饭好菜。而爷爷则早早将一应农具清点备好，耙田的黄牛也早已喂得滚圆。

这天清晨，灶台飘散着诱人的香气，请来的帮手们围坐一桌，吃着笑着，念叨着今年的农事，十分热闹。在我心中，这一天，很有点像过节。

吃饱饭后，一行十多人便往秧田出发了。

众人各有分工，有的拔秧，将秧田里的禾苗拔起，用草绳扎成一捆一捆；有的耙田，将耙子套在牛背，赶着牛将一块块田的泥土翻松；有的施肥，多是碳酸氢铵、过磷酸钙、尿素之类；有的放水，在田埂上挖开缺口，让雨水在每一块田里的深浅都恰到好处；有的抛秧，将一扎扎秧苗抛到耙好的田心；有的插秧，将禾秧三五根一束，间隔有度整齐地栽种到田里。

我们小孩子，多半做点辅助活计，有时去帮忙拔秧，被蚂蟥吸在腿肚子上吓得尖叫，有时去帮忙割青草喂牛，有时也抛秧插秧，抛得七零八落，插得歪歪扭扭，泥巴糊满全身，看得大人们直乐。

这样的劳作，直到天黑才能结束。一坡坡的稻田里，禾苗便已整整齐齐地栽好，让人心生欢喜。大家这时又累又饿，一齐回到家中，奶奶早已备好饭菜，往往还会小酌几杯。

而与插秧差不多同时的，是摘茶。梯地边的茶树，在春季孕育之下，牙叶抽出嫩心，色泽碧绿，叶质柔软肥硕，香气怡人，正是极品"谷雨茶"。

奶奶会带上我们，拎着竹篮，前去采茶。偶尔，会遇上吓人的土蛇，至今想起仍觉惊恐。

茶叶采摘回来后，奶奶会挑选一芯两叶的嫩茶，泡给大家喝。因为茶叶多，为便于储存，还会花上一整天炒茶（将绿茶揉去苦水后炒干）。

如今忆起这渐失的田园风情，都成了我过往岁月里，最美好的点滴。

虽然诗人们总喜欢伤晚春，但于谷雨，农人们繁忙之中，却无不透露着春天的希望、播种的喜悦和生活的乐趣。郑板桥的"正好清明连谷雨，一杯香茗坐其间"，更道尽此种自然之乐。

一年之计在于春，"清明多栽树，谷雨多种田"，"春种一粒粟，秋收万颗子"。

幼时，村里一位长辈作了首《明爹歌》，里面多有"世上只有种田好，种了田来呷得饱""年年种田不要闲，今年不种明年难"这样的句子。

而我爷爷，逝去那年已是古稀之龄，走路都颤颤巍巍了却仍坚持种田，他丧礼那几天，客人们吃的都还是他种的谷子。

他们用一生，践行着农时不可违的古朴道理。正如一场春雨，化作了春泥，唤醒勃勃生机。

而这，无不让我们领悟到，世间万物、芸芸众生，于此谷雨时节，坐看和风细雨，想此去人生漫漫，不一样要珍惜春光、多作耕耘，人生才不至虚度吗？

好雨知时节。这谷雨，不但滋润大地，更滋润心灵、洗心明目、振奋精神。

又是一年谷雨。大多数我们，虽不再种田采茶了，但人生不负好春光的道理，却是一样的。

有一种感恩叫端午

转眼又逢端午。五月的城里竟收起"龙舟水",撒下"艳阳天"。昨天听一位主持人播音,开篇"春光明媚",诚不虚言,这位哥们蛮实事求是的。

有个段子想来你是听过的,说:"感谢屈原老师用生命为我们换来了一天假期!放假是很好、很好、很好的纪念方式,我们还想以同样的方式纪念:孔子孟子庄子韩非子,曹操刘备孙权诸葛亮,李白杜甫苏轼白居易,刘邦项羽康熙雍正乾隆等 365 位历史名人",真真忍俊不禁啊!

但笑归笑,为纪念一人的法定节假日,咱们也就这个端午节。

我的家乡就在汨罗江畔、洞庭湖边、湘北门户。屈原沉江的悲剧,以及蕴涵的家国情怀,自小便耳濡目染。在我们家乡,端午节常常叫作端阳节。

家乡过端阳节,是很有几个规定动作的。

其一,插艾。所谓"清明插柳,五月插艾"。端阳头一天,长辈带着小孩,到后山砍艾叶树,一捆一捆扎好,扛回家里。次日端阳,一大早就将艾叶树插到所有门的两旁,每个门各两根插在砖头缝里,以示招福、驱病、防蚊、辟邪。剩余的艾叶晒干,用薄膜纸牢牢扎好，放在箱柜里。漫长的一年里，如果家人有风寒感冒、肚痛呕吐，则取出干艾叶，和着柴火灰里的木炭，烧一碗水喝下去，再睡一觉，小病小痛基本都能治愈。现代中医学早已研明，以艾入药，有理气血、暖子宫、祛寒湿的功能。在缺医少药、贫病交加的千百年岁月里，我们的祖先，就是用这种方法，在延续血脉、守护安康。

其二，包粽。老家村子里的小溪流边，就有一团团的粽叶树。也是前一天，家人带着去采摘粽叶，收回，洗净，叠好。与此同时，砍几扇棕树的蒲叶回来，用砍柴刀将长叶切细成丝，就成了一条条绿色天然的"绳子"。再拿出自家种植的香糯米，洗净，条件好点的夹杂放点绿豆、花生米之类，然后就开始包粽子。村子里，每一家的主妇都会包粽子这个手艺，大人包，小孩们团团围着，也学着包，欢欣雀跃，因为要过端阳了，有好吃的了。包好的粽子，用棕树叶丝捆扎好，一串串的，仿佛美食天地里的珍珠。用锅和水煮熟，剪开线头，一层层揭开粽叶，清香扑鼻，糯米光泽诱人。再浇上一勺红糖，遇热融化，红白相间，汁水漫溢，味蕾细胞早已急不可耐，一口下去就啃掉大半个。

其三，送饼。这是代代相传的民间故事。很小的时候，父母就和小孩讲，端阳节，有个"端阳老子"（老子即老头之意），一大早就从天上下凡间送饼给小孩吃，谁起的最早就给谁（差不多就是东方圣诞老人），颇有点奖勤惩懒的意思。小孩们都当真，一大早就嚷嚷着起床，一大早的空气里都是过节味。然而再早，都没有见过真正的"端阳老子"。倒是那一天，几乎每家每户都要"回娘家"。一家人拖儿带女，吃完早饭，带上礼品，就步行十数里山路，去外公外婆家吃午饭。山路崎岖，一会爬山、一会下岭，路上遇到的全是"回娘家"的人们，欢笑声此起彼伏在山间林野。到了外公家（外婆早已去世），饭菜差不多已做好，肉香四溢，又是一顿美餐。吃完饭后，外公会带着我们去村子里小卖部买麻饼，一种面上全是芝麻的饼，一个小孩一个，很大，几乎可以扛起来或者挂在脖子上吃，大概外公就是"端阳老子"吧。

岁月不居，人事全非。

时至今日，小时候带我去砍艾叶的爷爷奶奶、买麻饼的外公早已化作一抔黄土，教我们包粽子、削"绳子"的爸爸妈妈已然双鬓斑白。儿时行过的"回娘家"的山路早就埋没在野草荒林之中。自己动手包粽子的传统已不再延续，去市场买，而且还要礼品装。早上自然是睡懒觉，不再相信"端阳老子"这个温情脉脉、鼓励早起的传说。

然而，只要吃上一颗粽子，脑海里还是会马上浮现出亲人的音容笑貌，舌尖仍流淌着浓浓的乡情。偶有粽子热气蒸腾，扑腾到眼睛里，触景生情，难免潸然泪下。

我知道，在自己心中，此时此刻，端午节更像是感恩节、思乡节。感恩自己的幼时，前辈、家人、师长、学友的悉心呵护关爱，家乡水土的孕育栽培。

不管何时、何地，根在故土，情在亲友，我们便不会丢失做人的本善、真诚和善良，我们便都会牢牢记住祖辈的勤耕苦作、任劳任怨、尊老爱幼。

如今过端午，可以不插艾叶、不包粽子、不起早床，但这些情愫，深入到骨髓、融进了血脉，必将长流不息、代代传承。

慎终追远，今又中元

——

"从来酷暑不可避，今夕凉生岂天意"，北宋庆历七年七月十五中元节夜，满月当空，清辉如许，范文正公挥笔写道。

不知缘何，自带寒意的中元节（俗称"鬼节"），偏生安排于盛夏时节。或许，老祖宗关于阴阳之道的哲学，向来深不可测。

农历七月半，是鬼门关大开之期。在我的家乡，传说鬼门关于七月初一这天打开，阴间亡魂可回到阳间，待过完中元节，七月十六复又关闭。从此，阴阳两隔，一年再返。

七月初一，每户人家都会"迎祖"。我们家，一大早，奶奶就做出平时难得一见的丰盛菜肴，多摆碗筷，斟满酒盏，爷爷则念念有词，一脸虔诚、一个不漏地请逝去的祖先们回家吃饭。

七月初一至十五，则会叠制麻纸冥包，伴着鞭炮的噼噼啪啪声，烧给逝去的亲人享用。乡下俗称"烧纸钱"。

七月十五，餐桌又是罕见的丰盛，因为这一天要"送祖"。

而整个七月半的夜里，大人总会屏息静气吓唬小孩，晚上千万别到处乱跑，小心撞鬼。小孩们，一临夜就赶紧钻到了床上。

这个起源于南北朝的中元节，绵延千载，历来都是我们慎终追远、归宗溯祖、缅怀先人、祭祀亡魂的温暖寄托。上个世纪 20–40 年代，在民间，中元节的热闹，远超过"清明""七夕""重阳"。

而今天，人们似乎更喜欢过"情人节""购物节"，于这个曾经最重要的传统节，已然渐渐淡忘。

二

不知道，如今还有几人会制作中元节烧给先人的"冥包"（一包包的冥币）。只知道，自从爷爷去世，我的这个家族便再无人能会。

说来惭愧，爷爷曾经教过我的。

年幼时，每逢七月半，爷爷会掏出积攒的辛苦钱，去买回一叠一叠厚厚的黄麻纸、白纸。

"冥包"的制作，有复杂的工序。首先，爷爷会拿出家中的纸刀和铁锤，在麻纸上一个一个敲打出铜钱眼。这个决不能马虎，否则纸钱无法在阴间流通。为使铜钱眼更饱满，往往还会蘸上麻油。

麻纸变冥钱后，爷爷便指挥我，按照固定张数算好，叠成一包包的，再用裁剪好的白纸包上，就成了"冥包"。最后，是用毛笔字端正写上祖先名讳。大抵类似于我们今天的寄快递。

正面，字体竖写，自右至左。最右边，表达孝子贤孙敬奉"冥包"多少之意；中间，是"收款人"名讳，男性为"故显考某某大人受用"，女性为"故显妣某某孺人受用"；最左边，落款日期之类。

除了给祖宗，还得另备两种冥包，一是给土地公公的，祈求得到庇佑；另一是给孤魂野鬼的，祈求免遭殃害。哦，对了，冥包背面白纸接口处，还得写上一个大大的"封"字，取意为只能"收款人"开封、享用。

讲究很多，三十年过去，我而今大多已忘却。只记得，当时备用冥包得花上一两天的功夫，爷爷会手把手教我用毛笔写冥包。那满满的仪式感，无声无息之中，便将对祖先的敬畏之心铸入到我们这群孩子的血液中。

二

冥包准备妥当，接下来，就是"烧冥包"。

爷爷会选一个晴朗之日的黄昏，用竹筐装满冥包，我们则背上一捆干柴和一把扫帚，在村后的山坪挑一个当风的开阔处。

先用扫帚扫出两平方的净地，以防引发山火。接着，将干柴铺搭平整，内留一定空间，以便空气流入。冥包，得错落有致散铺在上面。这是为了保证烧透。

一切准备妥当。这时，爷爷神情肃穆，从衣兜里掏出火柴，"嗤"的一声响，点燃了柴火和鞭炮。噼啪啪啪之中，火光瞬间腾起，映红了每一个人的脸，也召唤来每一位沉睡的先人。青烟阵阵，思念切切，祝福声声。

而这时，整个大屋场里，此起彼伏着同样的场景。爷爷一边望着扑腾的火色，一边念叨着招魂祈福之类的话。有些烧得不敞透的地方，还会用火棍去挑起。据说，没有烧透的纸，到了阴间就是不完整的钱币，没法流通。

暮色苍茫，烟火腾空，一不小心钻进双眼。不知是因为熏眼，还是因为思念，大家纷纷忍不住擦拭眼角的泪珠。

晚风徐来，火苗更加闪烁灵动，忽而蹿起老高，有一些火星，刹那便冲向天际，飘向远方。爷爷说，这是列祖列宗在取钱呢！他似乎从火光中看到了先祖的面容。

于是，就在这敬生重死的礼度中，阴间和阳间，逝去的人和活着的人，那一边的不舍和这一边的牵挂，借着暮色火光，浑然一体。

一夜风起。次日清晨，再到烧纸钱的地方一看，只剩一点烧烬痕迹，火灰已全飘散无踪。而这，就是先祖亲人收到钱款的"回执"。

四

《易经》：一阴一阳之谓道，继之者善也，成之者性也。在生命代代传承的经年里，老祖宗们用"中元节"这样的方式，寄予了敬畏大地、感恩祖先的朴素情愫。

地府易冷，故要盛夏回阳；人间安康，故要赠钱先祖；思念很长，故要年年相会；月圆之夜，故要亲人团聚。就连孤魂野鬼，这一刻，也能感知人世温暖。这不是简单的迷信，而是基本的信仰，是百善孝为先，是生命的感恩，是人性的自我升华和温暖传承。

就在那些暮色火光之中，你仿佛听到了血脉里的召唤，骨子里的倾诉和灵魂的涌动。那里，有你融入血脉中的无尽眷念。

电影《寻梦环游记》里，墨西哥国度也有"亡灵节"，每年的这天，逝去的家人都会返回人间与亲人团聚。而这个故事教会我们，这世界最后一个记得你的人死亡，才是真正的死亡，从此不会有人知道你来过这个世界。

所以，生理死亡，从来都不是生命的终结；爱的反义词不是不爱，而是遗忘。

此去经年，万水千山。谁都会死，终归沉寂。我们还记得谁，谁又曾记得我们？

五

而今，这个曾经渗透到灵魂承载着民族记忆的节令，已渐消融于岁月。更别说，那些迎祖送祖写冥包的讲究，更鲜有人知晓。超市里，印制好的"亿元冥钞"堆积成山，买着十分方便，但总觉得，再也找不到那份虔诚和淳朴了。

时过境迁，大城市里，烧纸钱燃鞭炮等旧俗也早已禁绝。只见一片车水马龙，灯火璀璨处，忙碌的人们，笙歌燕舞彻夜不息。

而不管怎样，人世的悲欢离合依旧日夜上演。人生难得是欢聚，唯有离别多。有些人的转身，不是生离，而是死别。一个转身，便是一世相隔。没人能逃离，没人能例外。

这是一个最适合思念的时节。老祖宗用节令的智慧告诫我们，这世间所有的离别，终会以另一种方式重逢。

冥冥之中，所有的爱，都会指向团聚的方向。而不管，这种团聚是以何种方式。

这样的中元节，有着它独有的节魂。它以独有的祭奠，告知我们生离死别、敬畏生命、知恩惜福、慎终追远的哲学。此时此刻，每一个人都会忍不住在心里问：那些列祖列宗啊，那些逝去的至亲啊，你们在那边过得还好吗？衣食可曾丰足？

这样的中元节，或许，绝不该被遗忘！

月无漏照，真光深微

一

每逢中秋，会收到各种祝福短信。

有一条，让我记忆犹新：

月无漏照，真光深微：愿你品性，如明月皎洁；愿你作为，如明月无私；愿你清心，如明月素雅。

千山万水，千人万事。迄今，这仍是我读过最美的中秋祝福短信。

因为，它将一个千年佳节蕴藏的诗意节魂、精神理想，安顿得如此明了透彻，又浑然一体。

二

愿你品性，如明月皎洁。

皎皎明月，昭昭我心。唐代诗僧寒山便说：吾心似秋月，碧潭清皎洁。

朗月秋风，循环往复。唯有时光流水，永无回头。中秋佳期如梦，莫过一片赤子之心。而赤子心，又莫过思乡念亲之情。

愿你出走半生　归来仍有故乡

公元 726 年，扬州一间简朴旅舍，思乡情切难成眠的李白，吟道：举头望明月，低头思故乡。

公元 1076 年中秋夜，在密州任太守的苏轼，思念 7 年未见的弟弟，写道：但愿人长久，千里共婵娟。

中秋月明之夜，思乡念亲是永恒的诗词主题。

比如"西北望乡何处是，东南见月几回圆"；比如"今夜月明人尽望，不知秋思落谁家"；比如"露从今夜白，月是故乡明"；比如"云中谁寄锦书来，雁字回时，月满西楼"。

这些诗词人，凝望过同一个月亮，怀揣过同一缕情怀，一样的秋月秋霜，一样的怀远望乡，只是"古人不见今时月，今月曾经照古人"。

我以为，一个内心装着故乡、载着亲友的人，多半是一个品性如明月皎洁的赤子，是一个内心温暖的游子。即便漂泊无岸，"细数十年事，十处过中秋"。

因为，他（她）还一直记得出发时的小路、启程时的初心，不过是故乡的月色、母亲的叮咛、根土的情结。

三

愿你作为，如明月无私。

月色光华，普照大地；无论贵贱，大公无私。"直到天头天尽处，不曾私照一人家"。

我们做人做事，便也要如此。

人立天地间，最重要不过一"正"字。正气凛然、正直公道、正心明己、正大光明。所谓：心中有明月，何处不清风。人之所以活得累活得苦，无非是私心过重欲望过多。

嫦娥偷吃了丈夫后羿寻来的不死药，却只换来常年独居广寒宫，这才有了"嫦娥应悔偷灵药，碧海青天夜夜心"。

猴子觊觎美丽的月亮，想要占为己有，一头便扎进井里，结果月亮瞬间破碎，只剩星光点点。"猴子捞月"告诫我们，欲望一旦失重，那些功名利禄，也只是镜中花、水中月。

这一点上，我们得多学学月亮。从科学角度看，此光来自太阳，但明月并不藏私，反以绵韧之心将烈日化为柔光，温润这片大地。

生命本源自天地，自应心中有天地，还报于天地。

此等胸怀，天地独一。也难怪，人人都爱月赏月。

四

愿你清心，如明月素雅。

清辉几许，并不热烈，也不聒噪。真正的光，本应如此深微。深，故不语；微，故不显。

像极了那句话"静水流深"，或者那句俚语"满桶水不响，半桶水晃荡"。

一个内心优雅素净的人，是不屑违背内心律守刻意争夺强求外物的。我心向明月，明月照我还，不争、不怨、不恨。他们的内心，就像"明月松间照，清泉石上流"。

不争不是不努力。而是尽人事、安天命，而是但行好事、莫问前程，而是为所当为、顺其自然。

他们懂得，"人有悲欢离合，月有阴晴圆缺，此事古难全"的世态，懂得"此生此夜不长好，明月明年何处看"的变换。

"天将今夜月，一遍洗寰瀛"。在这样的夜晚，我们的蒙尘之心，是否该濯洗濯洗？

海上生明月，天涯共此时。又过中秋，我们都在忙什么呢？

有时候，我总觉得文明的局部也会有退步。譬如今夜，谁又还会讲李白谈苏轼？谁又还会重温那些哲思隽永的神话故事？谁又还会将老祖宗关于中秋的妙想和寄托传承不息呢？谁又还会讲起那些同根同源、追根溯祖的故事呢？

如此佳节，绝不应该止于全家团聚、赏月吃饼。因为，这一晚的月亮，也是华夏文明几千年的月亮。这样的月亮，总在提醒我们，生命中有比功名利禄更重要的事。

又是一年月圆夜，且让我们共同守望这千年中秋。

异乡异客又重阳

岁岁重阳，今又重阳。秋意渐浓，夜色渐长，远方的你，如今可还安好？秋风渐微凉，莫忘添衣裳。

此时，此刻，又是一年秋风起，我在等风也等你。

公元718年，重阳夜。17岁的天才诗人王维，客居唐都长安，沦为"京漂"一族。两年前，工于诗书画乐的他负笈离乡，怀才就像怀孕，没几个月，便名动帝都。

然这一天，帝都的繁华和人山人海，也难掩孤身客的如水思念。他写下《九月九日忆山东兄弟》：独在异乡为异客，每逢佳节倍思亲。遥知兄弟登高处，遍插茱萸少一人。

小他仅一岁的，是弟弟王缙，远在华山之东，想必正和亲人们登高吧。

人生在世伤离别，王维亦不例外，他的千古名句，还有很多：

归燕识故巢，旧人看新历。春草明年绿，王孙归不归？愿君多采撷，此物最相思。

而最著名的，是某"唐诗排行榜"第二名的那句：劝君更尽

愿你出走半生 归来仍有故乡

一杯酒，西出阳关无故人。

此去经年，何时再见？思念父母、兄弟、爱人和朋友，是亘古不变的情愫。

我忽然明白，重阳节为何要登高望远！

在车、马、邮件都慢的从前，一别万水千山，没电话、没QQ、没微信，除了登高极目远眺，聊慰相思之苦，又还有什么好法子呢？！

重阳登高，少不得佩茱萸、品菊花酒，茱萸雅号"辟邪翁"，菊花又名"延寿客"。重阳之后，转秋入冬，寒气加重，山一重水一重，山高路远难重逢。唯有在心底祈祷，冀望岁月静好人世安稳，遥祝亲友身康寿长。

而今，交通、通讯日益发达，人类的迁徙更趋常态。为了生计，人们长年漂泊异乡，故土不再。

回不去的是故乡，解不开的是乡愁。离乡别井，形单影只，"三载重阳菊，开时不在家"，只剩那离愁别绪，在秋风中被吹瘦吹凉。

千里之外，尚有双鬓斑白的父母。我们往往相信来日方长，忽略了世间唯有尽孝不能等，"九九"谐音"久久"，让重阳多了份孝亲敬老的厚重。

可是，你上一次陪伴父母吃顿饭，又是什么时候呢？千里视频电话、各种快递礼物，都比不过一顿饭的陪伴。曾经和现在，时光逆转，记忆中却只是一瞬。

那个叫"故乡"的地方，有你最亲的人，最真挚的思念。无

27

论你走多远别多久，她永远将你等待。倦鸟总要归巢，只老宅的一扇轩窗，便足让你看尽：云卷云舒、花开花落。

此刻，异乡异客的你，在这一度重阳节里，是否厌倦人情世故，怀念家乡那一抹纯澈？

而今夜，你又在思念谁？

今日腊八，你可想家

前晚下班，见公交站不少人拖着行李箱，脸上闪烁着雀跃又略带焦灼的光。想，又是一年春来到，倦鸟归巢，远方漂泊的游子们，是该返乡过年了。

单位里，互问春节归期、分享抢票神器的热闹声，也渐渐浓起。

手机响起，是父亲来电。说起家中腊肉、腊鱼之类，腌制、晾晒后已挂上炕了，每天烧些干松枝、老树蔸、枯谷壳，微火细烟慢慢熏，香味是越来越足了。

又说，上周小叔家杀年猪，过去帮忙，趁人手多，蒸了一甑糯米饭，七手八脚，把年糕粑也做好了。

远隔千里，我仿佛闻到了浓烈的香（乡）味，口水已然打转。

末了，父亲又不大放心地问，票真买好了吧，就等你们回来了——即便前日，我已告知父亲，早买好了，他仍要反复确认。

而今日，便是一年一度的腊八节了。在这团聚的日子里，我却只能这样安慰自己：还有二十天，就回家了。

一岁之末是为"腊"。故腊八之日，也是揭开春节序幕之日。"小孩小孩你别馋，过了腊八就是年"，"吃了腊八饭，就把年来办"。

腊八一过，年味越来越浓。民谚云：腊八粥，喝几天，哩哩啦啦二十三；二十三，祭灶官；二十四，扫房子；二十五，磨豆腐；二十六，炖白肉；二十七，宰公鸡；二十八，洗邋遢；二十九，去打酒；年三十，包饺子；年初一，作个揖。

记得幼时，一过腊八，家家户户便忙着杀年猪、炕腊肉、打糍粑、烫粉皮、磨豆腐、裁新衣……，按着腊月"逐疫迎春"的节奏，紧锣密鼓，好不热闹。

而腊月间的孩童们，陆续放了寒假。村子前后，更是平添了一阵阵闹哄哄、热腾腾，偶尔响起鞭炮声、锣鼓声。

辛劳一年的大人们也难得闲下来，无不洋溢着过年的兴奋和喜悦。

小时候，我也曾是留守儿童。过了腊八，便和爷爷奶奶一起板手指头，数着爸妈返乡的日子。腊月里，每天都有打工归来的村民，派发新奇的糖果，讲述村外梦幻般的世界。

如今，爷爷奶奶早已作古，只剩下年迈的父母在家相守，而游子独在异乡。世易时移，彼此换位，惟有那种期盼，仍是一般无二。

想到这，便觉着今年这腊八，更是催人思亲想家，更让人心心念念那村里的浓烈年味。

南方大都市的春节，纵然繁花似锦、车水马龙，却怎么也比不过那一塘篝火、一桌家菜、一声乡音。

宋朝有位叫张即之的诗人，曾写过一首《腊八日早漫成》，内中四句很是打动人：客因年近思家切，人到心间饮水甜。昨夜

愿你出走半生　归来仍有故乡

一番乡屋梦，寒梅香处短筇拈。

一如今日，听说家乡早落雪了。此时此地此游子，也一样像一千年前的那位诗人，思家切切、归心似箭。大雪纷飞、茫茫一片，那个叫作故乡的梦，一样随风潜入夜。

家，永远是内心皈依的方向，是最温暖的字眼。

出走半生，归来仍有故乡，仍有牵挂的双亲，仍有爱和被爱的人。这既是幸福和幸运，更是四处奔波的不竭动力！

今日腊八，最宜归家。就连腊八粥里，也少不得用一味"相思豆"佐味，暖胃更温心。

而此刻，尚在远方的你，可曾想家？又何时归家？

只有回到家里，抖落一年的仆仆风尘，落座饮上一杯山水茶，你才能真正"心间甜"。

而双鬓斑白的父母，倚门翘盼，从你踏入家门的那一刻起，更是"人到心间饮水甜"了！

三十夜的火

—

过年的脚步，越来越近了！

很快，在寒冬腊月里，一天天数着日子、狠着劲儿酝酿的年味，便要迎来第一个高潮——除夕。

记忆中的除夕，有团年饭、祭祖、贴对子、看春晚、封压岁包，以及噼里啪啦的炮竹响、咚咚锵锵的锣鼓声，但要说最难忘怀的，还属守岁时彻夜通明的老树蔸火。

我的故乡江南，素有"三十夜的火、月半夜的灯"的说法。除夕当晚，各家各户必得旺烧一塘老树蔸火，围坐夜话守岁。长辈们说，火要烧得越旺越好，而且得通宵达旦，这才预示着来年红红火火，年景好、日子旺、运势长。于是，幼年时每逢守岁，我总喜欢往火塘里添柴火。

窗外，北风呼啸、雪落无声，屋子里，老树蔸火，红苗直串，烧得呼呼作响。偶尔，有通红的炭火炸裂，火星四溅。倘不小心溅到了谁身上，那也是大喜，大家赶忙道贺，来年定是要进财了。不一会，每一位家人，都被那欢快跳跃的塘火，映得满脸通红，

愿你出走半生　归来仍有故乡

烤得额头冒汗，浑身透着一股兴奋、愉悦、暖和的劲头！

家人团坐，灯火可亲。

也正是彼时彼刻，我的小小心灵，烙上了人生最温暖的印痕。

二

长大后，求学经年，才终于晓得，除夕夜围塘守岁的缘由。

幼时，只知要守岁。为何守岁，却知之不详。有一回大年三十，看央视《一年又一年》，才晓得缘由。原来，上古时代，有一种长角的凶残怪兽——"年"（夕），每隔四季，便要来为祸人间一回。为了驱赶"年"（夕），人们只好聚在一处，烧旺塘火、张贴桃符、燃放炮竹、敲锣打鼓，以壮声威。是夜，彻夜不眠，守望相助，名曰"守岁"，这一过程，便是"过年""除夕"。

于是，每年除夕守岁，我脑海里，总忍不住跳跃出千钧一发的惊险刺激画面，仿佛回到了山顶洞人的远古。那时洞外，夜黑如墨，天寒地冻，满山遍布豺狼虎豹，人类的先祖，仰仗火的威势，簇拥在一起，熬过每一个九死一生的漫漫长夜。

那时的先祖们，聚火守岁，守的，不过是一个平安。无数个长夜里，是那守岁夜的火，给予了先祖们温度、勇气和力量！乃至这样的故事，最终演绎成神话，刻进我们的基因，融入我们的血脉。无论朝代更迭、世事变迁，"守岁"的承诺，从来都未曾断歇。

唯一的区别是，先祖当年，夜夜危险环伺，夜夜"守岁"；我们现在，则是丰衣足食、安居乐业，一年一夜守一岁。

于先祖，一夜火，暖一夜的心；于我们，一夜火，暖一年的心。

相同相通的，是先祖和我们围火守岁的息息心意，都是关于温暖，关于平安，关于希望，关于传承！

三

有时想，三十夜的火，该是薪火相传的最佳注释罢！

从远古传到现代，从洞穴传到砖屋，从荒蛮传到文明。如今，随着人们的丰衣足食，身体意义上的温度，更多被心理意义上的温度所替代，但那份对人生、对岁月的渴盼和冀求，终归是一模一样的。

记得小时候，为了抢这个好兆头，村子里各家各户大年三十烧火的老树蔸，都是在上半年，早早就上山选好挖出的。大约六月间，中稻的秧苗已插播完毕，逢上农忙间隙，爷爷便带着我，扛着锄头上山挖树蔸。

树蔸，多是过往的岁月里，祖祖辈辈的村人们，割树取材留下的，多为松树或杉树。地上部分，可堪材用，割断取走；地下树蔸，入地三尺，根茎横生，取之不易，便留了下来。这样的树蔸，尤其是经年的老树蔸，正是大年夜烧火守岁的最佳柴选，干枯易燃，经久耐烧。

更何况，挖来的老树蔸，历经一季炎炎夏日的暴晒后，似乎碰一点火星就能燃爆，能不越烧越旺嘛！而那时，爷爷带着我，往往会钻进大山最深处，那里地势险峻、人迹罕至，却也最藏久远粗大的老树蔸。

每回，经过翻山越岭的寻觅，总算觅得一棵中意的老树蔸后，爷爷脸上才会露出欣慰的笑容，仿佛瞧见了来年的风调雨顺。围着树蔸，爷爷用锄头小心翼翼地挖开、挖深，顺着老树蔸的脉络，一点一点扒开泥土，尽量不弄断每一根须叉，那精气神，仿佛在挖一个深埋多年的宝藏。

由于树蔸很深，往往要挖上大半天。然后，爷爷将老树蔸一整个扛在肩上，我则扛着锄头，仿若凯旋的将士。回到家里，老树蔸被搁放在屋前台阶上，等待着季节的风干日晒。

到了年夜，老树蔸果然不负众望，燃烧得叫人惊喜称奇，爷爷便会感叹，总算没白进深山忙活那一场。

而我，于中自然感悟到，唯有付出才能收获。

四

围塘夜话守岁，除了给予我们身体上的温暖，更多的是因亲人团聚、热闹交流而产生的心灵热流！

除夕当晚，一家老少，团年饭的酒足饭饱后，便陆续围坐到火塘周围，闲谈起来。

想一想，光是一家人齐齐整整坐到一起，已属不易了，再辅以暖暖塘火，每个人都自然流露出一份喜悦。夜话并无特定主题，守岁夜长，总要说点什么。就着瓜子、花生、糖果、饼干等副食品，东拉西扯，既打发时光，又消解困意。

但有一点，别看乡下农人读书不多，却也天南海北、古往今来，无所不谈，无话不说。历数一年的田地收成、经历得失，划算来岁的春种秋收、日子经营，讲说十里八乡的家长里短、新鲜事儿，长辈们细细讲述家族历史、人情世故。潜移默化之中，则往往教会孩子们识人断事、做人行事，深植了家国天下的耕读情怀！

夜渐渐深了，困意袭来。这时，女人们会就着塘火，烧壶开水，为大家泡上家乡独特的花椒茶，滋润一天来饱食的肠胃。男人们往往还会小酌几杯。

偶尔，村子里，会传来噼噼啪啪的炮竹声响。

五

如今，岁月不居，时过境迁，江南少年不再。

随着城镇化的滚滚浪潮，住处早已搬到了城里，围着塘火守岁，已成奢望。

只是，那些年，那些火，那些人，一直温暖存心！

出门在外、四海漂泊，我总也不能忘记"一年灯火要人归"的古训。逢上过年，总要父母弟兄聚在一处，虽然塘火换成了电暖炉、暖空调，遥控开关代替了老树蔸儿，但那份围坐夜话守岁的年味，迄今犹在。

一年漂泊，一路辛酸，都在年夜的一杯酒、一炉火、一席话中，化为乌有。

当新年钟声敲响，游子顿然觉得浑身又充满了力量，心里面暖洋洋的，想啊，风霜雨雪的旧年还是值得，生机勃勃的新年更有了期待。

这正是，三十夜的火，暖一年的心！

愿你出走半生　归来仍有故乡

今夜，我们一起守岁

"今岁今宵尽，明年明日催。寒随一夜去，春逐五更来"，唐代诗人史青的这首《除夜》，1300多年过去，此夜此情，依旧如故。

又是一年除夕夜，又是一夜守岁时。

长大后，知道守岁的习俗是起源于驱赶一种叫"年"的怪兽。祖先守岁，守的是平安，过的是难关。

记忆深处，我最难忘的除夕守岁，是20世纪80年代末。

那会儿，山里村子多半停电，更没电视可看。吃完年夜饭，全家人围坐火塘，取暖守岁。火塘边的我，一直觉得，那是世间最温暖的火、最温馨的光。虽然，多半在守岁的夜深，我早沉睡在父亲或爷爷的怀里。

那时的守岁，守的是亲情、是温暖、是希望。

也正是在除夕夜里，我以听故事的方式，知晓了爷爷和父亲幼时的守岁。

爷爷小时，是民国、是抗战。日军占领了村子对面的山头，村子里，至今仍残存鬼子焚烧的恶迹。爷爷回忆，那乱世的除夕，逃散到各处的村人们逐渐回来，照样烧火守岁。有一次，观哨的人回来报信，发现有一队火光朝这边来了。大伙赶紧浇熄塘火，

乡愁节韵

各自逃散。

爷爷说，那时守岁，守的不过是乱世平安。

而父亲的童年，饥饿是刻骨铭心的回忆，一年里，就没怎么填饱过肚子，更别说香喷喷的白米饭，大鱼大肉的荤腥。只有到了除夕夜"守岁"，才能圆一回梦。因为子女多，家里买不起精肉，往往是低价盘一整个猪头，趁着除夕的大火，架上大铁鼎，和着苕粉、白菜、萝卜，一锅猛炖。时过半夜，香气愈炖愈浓，凝结在空气中。孩子们睡意全无，口水都快淌干了。

父亲回忆，这一顿，一家人尽可敞开了吃，吃得山呼海啸，吃得扒拉作响，仿若人世间最动听的曲子。可惜的是，因为平素太过寡淡，而这一顿油水太厚、吃得太撑，第二天，多半存不住，会拉肚子。

讲完这段古，父亲会略带遗憾的一声叹息，"真不容易啊!"那时守岁，守的不过是一顿饱餐。

而今，一转眼已是新时代的除夕了。

爷爷奶奶早已作古，父母早已双鬓斑白，自己也人到中年、半世浮沉，全家也住到了城里。

这几年，每逢过年，我常陪伴着父母一起守岁。城里灯火璀璨，但再没有篝火，取而代之的是电暖炉。再没有太多的故事，多是观看春晚。再没此起彼伏的炮竹响。

我本以为，年味儿淡了，不复当年，又有点感伤，再难回到以前守岁的温暖，不免怀旧起来。

但就在一刹那，当我瞥见父母深躺在沙发里，半眯着眼，盯着电视屏幕，脸上流淌着孩童般的笑意时，我忽然明白，守岁的故事从未消失，守岁的承诺从未改变。

这一刻，守的是时间。坚守旧年的最后一刻，惜别留恋；守望新年的第一缕光，寄以美好。这一刻，守的是父母。守在他们人生的岁末，是责任，更是珍惜和不舍。这一刻，守的是融入我们血脉中的华夏传承，以及亘古不变的家国情怀。

这一刻，我们一起相守，就像千百年来一样：守住家的温暖，守住故土眷恋，守住山川岁月，守住现世安稳，守住阖家平安，守望无限明天。

此时，此刻，让我们一起温暖守岁！

月半夜的灯

人间最美是今宵，一夜乡心九州同。最是时光悄无声，又到一年一度元宵佳节夜。这是"年"的尾声，也是"年"的最后一个高潮。

在我的故乡，到了十五元宵，必须要亮起家中全部的灯，通明彻夜，守护团圆和安宁，是谓"月半夜的灯"。

小时候，还住在山里小村。每逢元宵，父亲会提前在大门前搭线，豪气地接上 60 瓦大灯泡，整个晚上，大禾场里，照得一片敞亮，孩子们兴奋地嬉戏其间，放炮竹、玩游戏，直到累趴。

像我外祖父的那个村子，当晚还得给祖坟"送灯"，对门山上风水形胜之地，一盏盏飘忽的油灯星光点点，这是在为故人回家团聚"照路"。

那会深觉，月半夜的灯，虽不像三十夜的火那样能予人温热，但照进人心的暖度，却丝毫也不弱。后来邂逅一个叫"万家灯火"的词，才顿悟到，原来灯与火、家以及团圆，是浑然一体的。

那一整个正月，到了元宵节晚上，"灯"便成了绝对的主角儿。

愿你出走半生　归来仍有故乡

以前，也曾疑心元宵亮灯的习俗，并不曾久远。因为"电"的普及，也不过是近代以来的事。

查了典籍才晓得，"月半夜的灯"，早在2000年前就已成俗。

唐代，有苏味道的"火树银花合，星桥铁锁开。灯树千光照，明月逐人来"；张祜的"千门开锁万灯明，正月中旬动地京"；李商隐的"月色灯山满帝都，香车宝盖隘通衢"。都是极美的句子，能瞬间让人脑补出火树银花、游人如织、车马喧嚣、欢声笑语的盛况。

宋多词人，而词总多情。即若豪放如辛弃疾，那首脍炙人口的《元夕》，也难免让人莫名悲喜交加：

众里寻他千百度，蓦然回首，那人却在，灯火阑珊处。

到了欧阳修的《元夕》，更是透着"人面不知何处去，桃花依旧笑春风"的淡淡忧伤：

去年元夜时，花市灯如昼。
月上柳梢头，人约黄昏后。
今年元夜时，月与灯依旧。
不见去年人，泪湿春衫袖。

难怪乎，有人称元宵节既是团圆节，也是中国人的"情人节"。

三

据祖辈们讲，故乡山村的元宵是异常热闹的。乡俗里，这一天，得要可劲儿闹，十里八乡，或闹花灯，或玩狮，或舞龙，或玩彩龙船，敲锣打鼓，互相庆贺。

那时都穷，但整个正月有三天必须燃放炮竹，一天除夕，一天初一，还有一天便是十五。

小时候，我约略见过那些行将消失的乡俗盛况。比如玩龙、舞狮，旁的村子来贺，还在远远的山路上，便听见锣鼓喧天，村人们赶紧准备炮竹、茶点之类。

队伍是一家一家走贺的，每到一户，主人赶紧递烟、敬茶、寒暄，末了还得发喜钱。队伍里，总有一两个"发彩"的人，多是些读过古书、口才好、嗓门大的耕读汉子，彩词大抵是如下之类：

> 黄龙玩得喜盈盈，来到贵府贺新春。
> 家业兴隆人上人，事业成功腾青云，
> 东遇贵人西遇喜，南进洪福北进财。
> 自我黄龙庆过身，金光灿灿好前程。

"发彩"的人，提足中气，敞开嗓子，每念一句吉祥词，众人便齐吆一声"有"，黄龙也暂歇，只是围着打圈。

待到念完最后一句"自我黄龙庆过身"，霎时，炮竹齐鸣，锣鼓敲响，黄龙便摇头摆尾、腾跃舞动起来，还能灵动摆出各式造型。

当然，上述彩词，如果是玩狮子或彩龙船，只需将"黄龙"替换为"金狮"或"龙船"之类，便一切妥妥。有时，贺词也会结合主人家喜事或特点，略做变通，比如家有读书郎的，少不得来一句"高揭皇榜中状元"。

印象中，我只见过一次玩彩龙船。彩龙船的玩角两人，其中一人"男扮女装"，抹上胭脂水粉，缠上彩带，扮成个俊俏姑娘，有时还故意拿一把破扇子作道具，是一个顶滑稽的角色。

两人围着"龙船"，来回踩步换位，扭腰闪臀，模仿着划船的把式，每一个动作，都让人笑得合不拢嘴。而"发彩"的人，则依旧一般套路，念念有词，喜气洋洋。

这样的场景，村子里男女老少无不陶醉其中，久难忘怀。

四

但如今，这些元宵的热闹劲，多半只停留在记忆里了。

自打参加工作，已连续十多年未曾在家过元宵。每每春节返乡，短短几天假期，也不过是匆匆聚匆匆别。

小时候的玩伴，大多散居到了县城、镇上，相聚已是极难，更别说大伙一块搞玩龙舞狮的把戏了。而随着那些坚守民俗的长者次第逝去，元宵的旧俗多已零落。

听父亲讲，过去那些十里八乡互闹新春的景象，如今是十分罕见了。大家偶尔因吃酒聚个小半天，多半也是喝酒、打牌、斗牛，再要不，就是捧着手机刷抖音。

曾在一本书上看过元宵的记载：食灯圆；举行赛灯大会；举行乡饮酒；举行上元宴，有宗祠者集族人在宗祠宴饮；晚间举行灯会，放河灯；农家以芦苇作火把，往来照耀田间。

每读及此，总觉甚是古远，怅然若失。

今天，人们忙着生计，年没过几天，便又强忍着不舍、自责和落寞，背起行囊，背井离乡，踏上他乡拼搏的旅程。有工作的地方没故乡，有故乡的地方没远方，从此又多添一份漂泊和思念。

那些留守女人们、孩子们，空巢老人们，复又一年的望穿秋水。

想到这，竟无比怀念起儿时的元宵来。

第二卷

故土故事

老祖屋百年命运史

———

君自故乡来，应知故乡事。

在近乎全村人散落天涯的如今，一位安居故乡县城的堂兄，还常返回小村，并即兴拍些应景照，上传群里。

去年秋天，适逢"退基还耕"，老祖屋历尽岁月沧桑的颓壁残垣，被铲土机轰隆隆彻底推平，听说仅用半晌功夫。至今，忆起那推平后的黄土地，仍感往事唏嘘。

今岁清明，堂兄又发来照片，只见老祖屋地基上，不知谁撒上种子，竟开满了金黄灿烂的油菜花。

古朽与新生，逝亡和成长，热闹与寂寞，鲜丽与黯然，全在这一方映照里展露得淋漓尽致。

群里，久未有人说话，竟出奇安静。无声的远方的我，突觉鼻子一阵酸楚。

无疑，在大时代城镇化浪潮席卷下，这个高峰期曾孕育200多人的山村，再难独善其身，终将面临消亡的终局了。

倘说以前还剩些断墙、破砖、旧瓦，虽全无烟火之色，但总能勾起人的念想。但如今，竟连旧址已近乎无迹可寻，一个不曾相识者，若是瞧见这长势喜人的油菜花，谁又知上面曾续写过百年村史？

岁月无声，风雨无情，物是人非，故土不再。

二

推平，只需半晌；建起，却耗费数代。

先祖百年基业，创立何等惟艰。然，谁又能抵挡岁月之力。风雨摧残，人世变迁，万事万物，总归难逃荣衰宿命。

据祖辈口口相传，老祖屋始建于清末，是典型江南乡村传统格局，祖堂屋一进两重，上下堂屋两侧各有厢房，正中间是透光通风的四方天井。

随着族人不断繁衍生息，祖堂屋天井两侧房屋渐次外延扩建，又有了横堂屋。大门石柱外，次第建起一圈围屋，中心是一个露天大禾场，并通过一道20余米长的连廊走向村口。

如此规模的老祖屋，即便以今观之，也算规模庞大、气势恢宏、匠心布局、错落别致。

而建此功业者，是我往上第五代先祖。他原是个长工，为人敦厚朴实，听说30多岁才娶到老婆，尔后经年勤耕苦作、省吃俭用，终才攒下这份家业。

我并不曾见过老祖屋最鼎盛时的景象——据说，那时的祖屋装饰十分讲究，墙基和转角处都是长条石，墙面是青烧砖，地面和阁楼均铺上木地板，窗户屋檐满是雕梁画壁，上堂屋正墙安置庄严肃穆的家神牌位，两侧对称悬挂数条笔力遒劲、蕴涵耕读传家道理的木刻长联。

只可惜在抗战时，残暴日军扫荡山区，放上一把火，木质结构毁于一旦，只剩下了砖石墙体。

直等到解放后，族人才又合力整修一番，重置木檩子，盖上灰青瓦，刷上白石灰，为祖屋换上新颜——但曾经的辉煌，已然只存活于后人记忆中。

生物学中阐述，大凡生命，一生不过新生、成长、成熟、衰老四期，终有一天将埋进尘土。

老祖屋，同样也是一个生命体，也得遵守在劫难逃这一定律罢。

三

从人口上看，我小时候的老祖屋，是最热闹的一段时光。

100年来，无论清末、民国、日本占领期、内战，还是解放后数十年，小村族谱页页后翻加厚，村人扎根于此，生生不息。

鼎盛时期，尤其是过年外出打工的人回来，一大片紧凑的老祖屋里，竟拥挤着200多村民的饮食作息。

村上坜下，屋里屋外，大门口台阶上，济济一堂，人语声隔屋相闻，鸡犬互戏。一到饭点，各家各户烟火气飘散混杂于一块，生命的张力达到极致。

我尚为稚子时，村里还极度贫困，甚至连火柴、油盐仍未完全普及。邻里之间，相互"包火"，借油借盐，是常有之事。

最热闹者，莫过红白大事。敬生重死的古礼，在老祖屋里如同春夏秋冬的更替，年年往复。

每逢大事，自然要在老祖屋操办，且合村都要出劳力。又因公家财物有限，各家各户还得将自家锅碗瓢盆、桌椅板凳借出，以便全村对外不至少了礼数。

乡谚有云：死者为大。倘是村里老人仙逝，那更是合村天大的事，非常隆重。

根据乡俗，至亲得为之守灵 3—4 天，才能出殡。这期间，十里八乡、沾亲带故的人，都要前来老祖屋吊孝，唱夜歌的班子、坐夜超度的和尚，都要吃住在老祖屋里。

丧事之始，先确定一位"主管"，统筹协调一切，在一张大白纸写上派工，高高张贴在下堂屋侧墙，以示各司其职。

分工主要有，谁是"八大金刚"（抬棺壮劳力，8 人），谁是知客（德高望重能言善道者居之），谁周知外亲宾友，谁邀请和尚进门，谁主厨，谁铺桌子碗筷，谁洗菜，谁泡茶递烟，谁放炮，谁记礼薄，谁敲锣打鼓等。

灵堂自然也搭在老祖屋里。上堂屋右侧最上端，停放棺椁，围坐至亲守灵。棺椁之前是灵位案台，由山上挖来的青松、长方桌和竹架框搭成，糊以白纸。中心一个大大的"奠"字，两边是挽联，桌上端正摆着逝者遗照和香火供品。

再往下，整个祖堂屋，凡有长条石柱的地方，无一例外都贴上长白挽联，悲伤的氛围十分浓厚。

接下来数日，村人基本停了农事，不分昼夜打转般办事。

尤其出殡前一天，和尚进门，丧事最是繁重，客人也在这一天达到顶峰。

老祖屋里，横堂屋里，两侧厢房里，铺满了四方八仙桌，台阶上全是泡茶小桌，禾场里洗碗的大盆四五个女人围着。几乎每十分钟，就有一大波客人前来，跪拜祭奠完毕，装烟递茶，摆宴吃"流水席"。

厨房里昼夜不停，一般得杀 1—2 头猪才能勉强应付。

出殡那天，乡下俗称"上山"。一大清早，"八大金刚"不顾亲人撕心裂肺的阻挠，开始用大钢钉封棺，再用粗草绳将两根长圆"杠木"与棺材牢牢绑好。

这时，最后的超度仪式即将结束，行礼的长者长吆一声"起"，"八大金刚"齐喝一声"che"，刹那鞭炮齐鸣、锣鼓喧响、哭声震天，披麻戴孝的送丧长队，依照次序，敲敲打打、跌跌撞撞，从上堂屋跨过天井、经过下堂屋、迈出大石门、走出大禾场、穿过长廊道，走出村口，再走向不远处的山上——那早已选定的一方风水形胜宝地。

而当岁月回首，上溯一甲子以上的岁月，这位逝去的老人，当年襁褓中的初啼声曾响彻整个老祖屋，满月酒、周岁宴、结婚礼高朋满座，无一例外也在老祖屋操办。

老祖屋是村人的生命摇篮，予以庇荫，遮风挡雨，从生到死，守护一生。

老祖屋，见证了村庄的荣辱兴衰，见证着风风雨雨、世代变迁、人情冷暖，亦见证着每一人的生命全程。

四

然而，谁又能敌过世事悠悠变迁呢？

20世纪80年代始，山外世界日新月异，村人青壮者大多外出打工，老幼留守家中。

迈进新世纪后，老人相继过世，父辈们靠着当兵、读书、打工、做手艺，不断走向城市，走向更现代的生活，整个家族人丁兴旺，在全国各地生根发芽。但村子里，人烟是日渐凋零。

大约十多年前，留守的爷爷辈几乎全已去世，老祖屋再无人守。虽也曾断续修补过一两回，但少了那烟火之气，老祖屋竟衰败得异常迅速。

几次罕见暴雨之后，完全荒废的老祖屋，房顶千疮百孔，房梁多有断裂，墙体开始成片坍塌，堂屋中竟长满齐腰深的野草。

饱经沧桑、历尽荣枯的老祖屋，似乎完成了历史使命，断壁残垣的躯壳在风雨蚀剥中渐被荒草苔藓覆盖，再无昔日风光。

老祖屋，这个小村的灵魂，无私庇佑着一代代生命，默默承载着村庄的全部记忆，亦无奈见证着物是人非、沧海桑田的变迁。

她倒塌了，村庄的灵魂也便不再鲜活。而那些散落天涯的人，一年半载，再难回村一次。

这些年，漂泊异乡，我住过无数个地方，有井然有序的校舍，有单位楼上的单身宿舍，有租住的城中村握手楼，有高楼林立绿树成荫的花园小区。

然而，从未有一处，能超越我对老祖屋的牵挂。此身此心，对老祖屋的美好怀恋和深切念想，竟随着时光的流逝，越来越重。

我常会不由自主想起老祖屋，想起那故乡、故人、故事，想起那逝去的童年岁月。

每念至此，总不免潸然泪下。

愿你出走半生　归来仍有故乡

风雨中屹立的"祖大门石"

　　端午归乡，执着租了辆小车，小心翼翼穿行于两边野草疯长、路宽仅约能见1米的山里公路，一半凭目测，一半凭感觉，约半个多小时，才硬是抵达了久已荒废却仍令游子魂牵梦绕的故乡小村。

　　于是，就见到了那块久违的"祖大门石"。

　　上次回来还曾是一片金黄灿烂的油菜花，相隔不过两月，熟了的油菜已不知被谁家收割了。

　　冬夏交替，花开花落。唯一没变的，是那见证昔日辉煌的威武石门柱，倔强矗立于一大片油菜花中，依旧那么原始、质朴，似喃喃低诉往事如风，又似等待谁的姗姗来迟。

　　既已归乡，少不得发几张照片到群里。似火石击水，群里一下子沸腾，有人说，这"祖大门石"绝不能倒，自带定位功能；有人说，只要这"祖大门石"仍旧耸立，小村的精神也便长存。

　　信哉斯言。

　　无论风雨如何洗刷岁月如何砥砺，只要这"祖大门石"仍站在那里，这小村百余年的变迁历史、上面承载的各种物是人非，便还有迹可循，不至完全湮灭。

听说当时推平祖屋地基时，父亲只提了一点要求，就是"祖大门石"必须保留。想来，保留下来的正是这一份弥足珍贵的念想和牵挂。

"祖大门石"之于小村，正如根之于树。

如今，游子归来，也只能凝眸"祖大门石"半晌，相对无言。假如"祖大门石"就像一位耄耋长者，会否颤颤问一声客从何来否？

正如那句著名的诗："上头日日风复雨，行人归来石应语"。

小时候，祖堂屋十分雄壮威武，而"祖大门石"便占了三分气势。村子里红白喜事，都在这里操办。一年之中，"祖大门石"上的对联红白交替，层层覆盖，便正是岁月和人事的累加交替罢！

初抵小村时，天气尚可，待到四周转了一遍，忽然淅沥沥落起了大雨。赶紧到一处尚存的楼檐下躲雨，正好能清晰望见风雨中岿然不动的"祖大门石"。

凝望许久，风急雨骤，越落越大。

而那"祖大门石"，就像一位战士，或者一方化石，独立天地、独立冬秋，任凭风吹雨打，兀自岿然不动。

风雨草色中，"祖大门石"显得更加渺小落寞，却又更见高大不屈。忽觉一阵心酸，为风雨中"祖大门石"的孤独执着。转又一阵欣慰，为风雨中"祖大门石"的本色不改。

雨一直下。她立在那里，就像立在每个游子的心上。

晒谷坪往事

摄氏 35 度，躲在钢筋水泥巨人的格子间里，靠着空调续命，便不由得想起了故乡的晒谷坪——那会儿，像这样的酷暑，吃过夜饭，大伙是会不约而同到晒谷坪乘凉的。

晒谷坪，是乡下农人的"刚性需求"。新鲜打回的稻谷、黄豆、玉米、麦子、红薯，须得摊到晒谷坪曝掉水分，才能收进谷仓，以供家人一年的口粮。

在水泥尚未问世的年代，篾匠师傅用竹子编成圆筒形可卷可开的"竹垫"，择一平处铺开，也有十多平的"晒场"，倒是方便，奈何面积太小。或是在山间寻几处石壁，那是纯天然"晒场"，缺点是大都比较陡峭，风一吹，粮食易散落浪费，且石壁多远离村子，不甚方便。

而有了水泥，十里八乡的村子里，才有了名副其实的晒谷坪。为了最大限度利用阳光（晒干）和大风（风干），晒谷坪往往选建在地势高处。

我的故乡小村，晒谷坪就建在屋场的后山顶。生产队将山顶削平一截，铺上水泥，足足两三百方，每户都能分到十几方。最早的记忆里，除了进城，我还没见过这么大的水泥地。

因建在最高处，极目远眺，尽头是连绵的青山，时有阵阵山风吹拂，一到晚上，自然成了乘凉的上选之地。

盛夏季节，村人吃过夜饭，便会将竹床抬到晒谷坪，挂上蚊帐，钻进去"叹风"，这可是纯天然的"空调"啊。

那竹床一排排整齐摆着，颇有点像时下的露营。而孩子们则围着竹床，奔跑撒欢，一直玩得累了，才钻进竹床。

大人们除了闲话家常，也会讲古。大伙安静地围着，或坐竹床边，或拿把椅子，或直接就坐在水泥地上。那会，天很低很低，星河灿烂，仰头望着天空，仿佛自己就在天上，是一体的。偶有手指长的飞机闪着灯路过这片天空，孩子们会立马兴奋地跳起来，目送着小飞机从天的一边直到另一边。

除了乘凉，这里是孩子们玩闹的"游乐场"之一。

滚铁环、跳绳、跳房子、玩老鹰抓小鸡、斗鸡、下棋、打扑克、跨过三角架学骑自行车等，这个晒谷坪，都是最好的场所——后来求学，心想这也就相当于"操场"了。

这个"操场"，不但对小孩如此，大人们也一样。村里每有大事聚会，两个宽阔的地方是少不得的，一是大堂屋，一是晒谷坪。

每年过年的舞龙、玩狮子，都会到晒谷坪热闹小半天，因为这里宽敞，舞龙玩狮的健壮汉子们，可以恣意挥洒，敲锣打鼓的人，举彩旗的人，围着看热闹的人，也有的是地方。

晒谷坪旁还有一块约莫 20 方的平地，并没有铺上水泥，是用来"烧灵"的——农历每年七月中元节，总有几户人家要请和尚进门，做场法事，为逝去的先祖"烧灵"——给阴间的亲人烧寄些金山、银山、元宝、房子和冥钱。

当然，上面所述，都只是晒谷坪的辅助功能。其真正的用途，恰如其名——"晒谷"。

收割回来的谷子、麦子、玉米，在这里晒干；夏天割回来的豆茎（黄豆、绿豆、麦豌豆、大豌豆等），在这里晒打；秋天的红薯，在这里或刨成红薯丝、或煮熟熬制成红薯片，晒干。

印象最深刻的三伏天里"打黄豆"。农人们先从远方的地里，齐根割下豆茎，成捆挑回来，铺在晒谷坪上暴晒。待到中午2点钟太阳最厉的时候，用竹制的板器，不停地拍打豆荚，豆大的汗滴在水泥上，豆荚中的豆子也纷纷跳了出来。

晒制这些谷物，没太阳还不怕，最怕是落暴雨，三伏天里，明明刚刚还是烈日如火，忽然飘来一片乌云，可能就要下一场暴雨了。

这时，往往全家老少都要出动，将晒着的谷物赶紧抢收回家，以免被雨水浇透，以后即便晒干了也容易发霉变质。那种十万火急、争分夺秒的场景，颇有点"抗洪抢险"的味道。

有时，会遇到将谷物刚抢回家里，乌云却兀自散了，依旧烈日如火；有时，还在抢着，却来不及了，豆大的雨点已砸了下来。这样忙乱的场景，也便是"看天吃饭"的一种生动阐释吧，不但种和养，就连收和藏，也都是要依赖"天时"的。

也正是那样的时刻，孩子们心中知晓了春播秋收的不易，知道了耕耘大地的艰辛，也学会了像大人一样，不问缘由地望着远方——山的那边还有山，再那边呢？

山外多少山，远方有多远？无形之中，便生出了对远方的好奇和向往！大山的孩子，注定是要走出去的。悸动的心，在晒谷坪，便开始了原始的萌动。

而那晒谷坪，见证了春秋更替，见证了丰收喜悦，见证了岁月变迁，见证了村庄旧史，因了那坚硬的水泥，抵挡经年风雨，如今却依旧如故，只是不少地方长了一层薄青苔。

就像晒谷坪的那些往事，也长了一层薄薄的青苔。

故乡的山，游子的心

阔别故乡多年，常梦见故乡的山。

那是湘鄂边界、洞庭湖畔的江南丘陵，群山环绕，连绵起伏，横无际涯，堪称两湖要冲、兵家必争之战略要地。

而我的故乡小村，坐落于全镇之巅——晓煦之峰，地理上属幕阜山余脉。

山高路陡坑深。村人用脚丈量一切，包括时间和空间。

记忆里，从村子去往十里八乡，无一例外得下山，无一例外得走上几个钟头。在镇上读初中时，上下急行军，常能产生"耳鸣"现象。镇上的雪化了半个月，上得晓煦，峰尖依旧白头。

村里的田是一垄垄的梯田，地是一坡坡的梯地，孩子们从小玩耍嬉闹、帮手农活，也无不是在翻山越岭、爬塝涉沟。

一群小屁孩，常在收割后的高坡地里练"轻功"，身轻如燕，一连纵跃下十几块地塝，因了地里的土常年翻耕松软，仿佛天然的海绵，孩子们故从未曾受伤。山窝里，藏有多个水库，碧水清幽，到了炎热的夏天，是孩子们天然的水上世界。

而围绕一座山，孩子们分成两拨，一拨演"警"、一拨演"匪"，玩起"打靶"的游戏，常常到了天黑还不知归路，直到翠竹深处的屋里人家炊烟袅袅，父母们一声声"某某，回家恰饭哟"的呼唤在山谷里回荡。

这样的山，给了孩子们欢乐、勇气和健康的体魄。

不知先祖当年缘何落脚如此。或许，走到此处，被群山的纵横绵亘吸引了，又或许走累了，一歇脚便是数代人。

农人们面朝黄土背朝天，扎根到山里，便靠山吃山。田里一年载两季水禾，地里因时耕种红薯、小麦、黄豆、豌豆、油菜及各色蔬菜瓜果，地边则栽种茶树、桃树、李树、橘子树、梨树、板栗树等，四季更替不歇火。

更多的是群山，沟壑纵横，植被茂密，以松树、杉树为主，间杂不知名的各种野草杂木，放牛养羊饲鸡鸭，采摘野菜喂猪，都离不开这山。

山上无一不是宝。野蕨菜、野荞头、山竹笋、野栗子、树莓、松树菇、松针蜂蜜、野猕猴桃等山果野菜，野兔、山鸡、野鸽、山鸟、乌蛇以及田里山涧的鱼虾、田螺、泥鳅、黄鳝、团鱼、田鸡等野味，取之不尽，这既是孩子们难忘的美味，也是干农活的一大标的。也因此，即便大锅饭时代，村子里从未曾饿死过一人。

而树木可以成材、树蔸可以烧火，即便掉落的松针，耙回家也是绝佳的引火柴。而每逢春天，那满山遍野的映山红，深谷幽处的兰花，给予人们泥土深处的沁人心脾的芬芳。

山的身子骨里也是宝。晓煦之峰往西北十来里，是20世纪亚洲最大的"铅锌矿区"，围绕矿山，形成了一个典型的资源型小镇，为当地经济红火数十年的顶梁柱。

即便 2002 年，该矿区因资源枯竭宣告破产，工人们大多回到各自的遥远的故乡，那些家属楼，被周边村民以白菜价抢购一空，率先完成了一轮城市化。

晓煦之峰没有铅锌矿，却盛产长石矿——主要用于制作陶瓷、玻璃的原料。20 世纪 70 年代后，村民农耕之余，主要的经济来源就是挖长石卖。

那会儿，没有钻机、没有炸药、没有汽车，只有铁锤钢钎、簸箕锄头、肩挑手扛，可谓辛苦钱。但正是这样的不易，滋生了村人们发愤图强、发家致富的梦想。听说，如今县城里几个最大的矿老板，都是这个村的人。

大山教会人们，勤劳就是最大的财富，犹如源头活水，取之不竭。有春耕就有秋收，有付出就有收获，只要你愿意进到山里，山总不会让你空手而归。

"人不负青山，青山定不负人"。

村人们长年累月于此日出而作、日落而息，耕田种地，与山为伴，抚育了一代代后人。而大山，就像一部史诗，默默守护着一方水土、一村子民，见证了村人抗争命运、搏斗贫穷、传承血脉、生生不息的坎坷与艰辛。

大山不语，却自有一种宽厚、坚毅、庄重、沉稳与包容。

读小学四年级的那年春天，班主任带我们集体春游，攀登老鸦山，那是晓煦之峰海拔最高的尖头。

历经数小时，孩子们终于到了山顶。时近黄昏，落日余晖，天低风劲，远方无涯。

老师站在那里，带我们勘察日本占领时期构筑的碉堡残迹，遥指远方让我们辨识洞庭湖上的斑斑点点渔舟唱晚，深情讲述祖辈抗日的热血故事，讲述哪家种地挖出了锈迹斑斑枪弹旧事，讲述脚底下山肚子里的"6501"军事工程奇迹——现已开发为一处著名红色旅游景区。

最后，少不得要给这群从未走出大山、从未见过世面的孩子们"上课"，声情并茂描绘着远方城市的繁华璀璨，以及未来时空的"楼上楼下，电灯电话"。

故乡的山，一头连着过去，一头伸向远方；一头深入地底，一头仰望天空。

登高望远，孩子们脚踏实地，目极天涯，才知道世界原来真的那么大，远方真的那么远。晓煦之峰，许以孩子们对远方和未来的无限遐想。

也正是在那里，这些孩子的心中，从此有了家国天下的情怀，有了走出大山、走向远方、看看世界的胸怀。大山，给孩子们注入了灵气和灵魂。

如今，故乡的山，因为村人的外迁，少了满山遍野耕种时代的生气，仿若一位历尽沧桑的老人，朴实无华，宽厚安然，一动不动坐在家门口，守望牵挂着远方的游子。

大山深处是吾乡，吾心安处是故乡。

这样的山，注定永远在心中、在梦里！

每个散落天涯的游子，心中都藏着一口故乡的老井

⋯⋯⋯

　　我的故乡江南小村，落在个三面环山的丘陵盆地中，200来口人。一条小溪自东南山腰蜿蜒而下，穿村淌过。溪流往东约十数米的高山石壁脚，便是全村人取水的一口老井。

　　井有多老，无从考究。据长辈讲，先祖晚清年间迁居于此，此井便已存世。

　　老井的大泉眼，位于石壁底端，清流汩汩而出、昼夜不息。石壁往上，是青翠无际的绵亘高山。

　　爷爷曾回忆，一支抗战部队于此驻扎一周，开拔时川流不息三天三夜。炊事员用这口井取水做饭，井水始终不曾见底。

　　20世纪80年代末，村人集资将老井挖开，清除淤泥，用青石、水泥重新修葺一番，可谓"老井换新颜"。

　　泉眼处，围成一口长2米、深1.5米的方形井，用作饮水。因泉水太过丰润，又在旁边砌围一口同样大小的井，用作洗菜。

　　两井之旁，挖一口数十方的小鱼塘，用作浣洗衣物、清洁农具、牲畜饮水、饲养鱼虾，并流向等待灌溉的田地，活水之源仍

是这口老井。

修井那年，我不过稚子。但当时老井凿开挖平，大泉眼往外汩汩直冒活水的壮观情景，迄今犹觉震撼。

二

故此，老井在我的印象中，全然修葺后的新模样。

老井水质甘甜清冽，冰清澄澈，四时充盈，冬暖夏凉。修葺之后，更是井边干净整洁，井中俯瞰见底，明镜照人。

井内有青翠水草亭亭玉立，小鱼小虾游乐其中，自成一番趣味生态天地。

要说水井，全村各处不下 10 余口。但取水饮用，村人不分远近，皆来此井。可见老井水质之胜。

每当雄鸡破晓、东方露白时，勤劳的村人们便早早起床。第一件农活，便是挑水。

一条扁担、两只空木桶，疾步走向老井。左邻右舍路上碰到，第一声亲切的招呼，便在曙色的村子里来回飘荡。

到得井台，会干活的成年"好把手"，桶不落地，双脚站稳，先弯腰侧身，将一只木桶扣进水中，"噗通"一声响，水满担起。再侧过另一边身，又是一声"噗通"，一担水便满了。

力气小的女人和孩子，担水往往先解下双桶，双手拎一只桶打水，分别打满。

担满水桶，吆喝一声，挑起便往家赶。一路上，扁担颇有节奏地颤颤悠悠，木桶虽被担水人双手勒紧绳索，但因乡村小径高

愿你出走半生　归来仍有故乡

低不平，难免晃荡，水亦不时溢出，挑水的一路上便淋淋漓漓现出两道湿痕。

晃进家门，赶紧将木桶的水扣倒进大水缸，往往还要两三回，水缸才能装满，也才能满足农人们一天的用度。"好把手"们，直到将缸装满，木桶始终是不着地的。

晨雾朝霞之中，村人们用水桶挑起了一天的农事担当，开启了一天的忙碌节奏。

而一担一担的清泉，仿佛玉液琼浆，随着日月流转，流淌进一代一代村人的身体。

二

尤为神奇的是，老井水冬暖夏凉，堪称"天然冰箱"，可谓大自然给予村人的无穷馈赠。

冬暖一目了然。临到深冬，井口上方总冒浮着一股暖气，水温明显高于别处。无论怎样的寒冬腊月，即便池塘田里冻结的厚冰几可载人，但这口井水却依旧碧绿清澈，从未曾冻住。

而到了夏天，井水却又透凉沁脾。伸手触摸，寒凉透骨，喝上一瓢，浑身都要打个冷战。

所以，冬夏两季，老井尤为村人钟爱。

冬天自不必说，淘米、洗菜、洗衣的村人们，络绎不绝。井水以她特有的温度，温暖着农人们的干活的手，尽可能驱离冻疮和皲裂的伤害。

而夏天，村人对这"天然冰箱"更是物尽其用。

干完农活的午后，赶紧奔到老井，临近井口，便觉一股凉风袭来，浑身早已舒坦了大半。

待到喝上两瓢，一股深深的凉意，从胸口直涌到五脏六腑贯通头脚，每一个毛细血管都刹那间舒展开来，酣畅清凉之意，让人说不出的爽快，疲劳困倦之意也消除大半。

有保温瓶（又称"热水壶"）的人家，早上、下午出工，用瓶灌满井水，带到田间地里，干完半晌的农活，去倒瓶里的水喝，依然像刚从冰箱拿出来的一样。

领略到井水的好处，村人们还会将西瓜等瓜果泡在洗菜井内，一晚后，便可品尝到"冰冻西瓜"之类。谁家要是打了豆腐，为防热坏变质，往往也是包裹起来泡到井里，吃上几天依然新鲜。

过路之人，夏天也常到老井来解渴。为方便饮水，好心的村人还将瓠子瓜瓢搁在井边，颇有"凿处若教当要路，为君常济往来人"的古风。

老水井，就像一个不知疲倦的母亲，用她甘甜清澈的乳汁，哺育着村人们在此耕读传家、繁衍不息。

四

20世纪90年代后期，村人青壮者大多外出打工谋生，老幼留守家中。一些赚了钱的，顾怜老人小孩担水辛苦，便筹资买了塑料水管，从村子半山高处的水井接下了自来水。此后，挑水的人便越来越少了。

再后来，山外的世界日新月异，村人一代代奋力走出去。这口生命之泉，更加落寞了。

饱经沧桑、历尽荣枯的老井，完成了自己的历史使命，在风雨蚀剥中成了被荒草苔藓覆盖的废井，再无昔日风光。

忆起年幼时，力气尚小的我，便也常用铁桶（比木桶小且轻）为爷爷奶奶担水，试图分担一点老人的生活压力。如今脑海中浮现这些情景，顿生无限感慨。

十多年前，偶尔回村，我会特意去老井喝上两口。这几年，老井几近荒废，井水已无法再饮了。我忽然明白，为何离开家乡要表达为"离乡别井""背井离乡"，总少不得一个"井"字。祖人择水而居。老井，便是这个小村的灵魂。她无私滋养着一代代生命，默默承载着村庄的全部记忆，也无奈见证着物是人非的变迁。

在南国的城市里，每每读到古诗中"旧井改人世，寒泉久不通""人稀废古井，水退筑新桥""君不见道傍废井傍开花，原是昔年骄贵家"的句子，我总会不由自主想起这口老井，想起爷爷奶奶，想起村人旧事，想起那逝去的时光。

五

井水，本是无波之水，"波澜誓不起，妾心古井水"。

然而，承载了无限乡愁的老井水，总会在无梦的深夜，沸腾于他乡游子的心上。

老井，滋润了祖祖辈辈的心田，哺育着一代一代的儿女。她见证了小村子的风风雨雨、世代变迁、人情冷暖和悲欢离合。

她的记忆，也是整个村庄的记忆。她的甘甜，和着清纯的乡情，早已融入了后人们的血脉中，流淌不息。

　　我们长大离开，此去经年，故土不再。我们远走他乡，从不曾和老井道一声珍重，说一声再见。唯有老井默然守候，她那"冬暖夏凉"的温度，长存在我们心中。

　　每个走出故乡的人，心中都珍藏着一口甘甜的老井。

　　那老井，就像母亲！

愿你出走半生　归来仍有故乡

念念不忘那道菜

前几天出去吃饭，妻子让我也点个菜。我不假思索，来份青椒爆炒肥肠吧。

妻子埋怨，怎么又吃这道重口味菜，对身体很不好。

道理我都懂，但就是忍不住呀。

真拿你没办法，妻子嘟囔着嘴，一边和服务员下了单。

不一会，菜端上。

青红辣椒相间、色泽分明，爆炒后的肥肠金黄焦酥、油光铮亮，热气蒸腾间，一股诱人的香味扑鼻而来。我连忙招呼服务员上米饭。

一顿狼吞虎咽。妻子不禁莞尔，不停给我夹青菜，并劝我也吃点。我擦拭了嘴角油渍，也笑了。你知道吗？刚才我好像穿越了，回到了 20 多年前呢。

不就一碗肥肠嘛，到你这还成时光机器了。

你别不信。我抿了一口茶，那我讲个故事吧。

大约 20 多年前，在湘北高山旮旯的小村庄里，有一个 8 岁的少年，跟着古稀之年的爷爷"进城"。

说是进城，其实就是镇子上的小集市。

一路近三十里，少年欢呼雀跃，脚步轻快。崇山峻岭间的泥石小道，竟如履平地。

在少年的记忆里，到镇上的次数，屈指可数。那里，有高大洋气的楼房，有琳琅满目的商品，有满街飘散诱人垂涎的饭菜香。

对了，还有冒着浓烟的小汽车。不夸张说，那浓烈的汽油味，是少年经常追逐的味道。

倘若要做对比，那时少年去一趟镇上的新奇兴奋感，比今天去趟纽约、伦敦还要震撼。

爷爷带着少年，忙碌了一上午，总算办完买化肥、农药、种子等事儿时，已快中午一点了。

街上的饭馆正热闹，门口的煤炉上热气蒸腾，师傅们卖劲地挥舞着锅铲，诱人的包子香、炒肉香、豆腐香，一股脑儿涌进鼻孔，早已饥肠咕噜的少年，一下子便泄了气力，再也迈不动腿了。

爷爷似乎看出来了，说，我哩去吃碗面再回家吧。

乡下人穷，到了镇上，买什么都是要"货比五家"，吃饭也不例外。

爷爷连问了几家，肉丝面一碗要 2 块，"寡面" 1 块 5。爷爷说，要不，我哩一样来一碗吧，我喜欢吃"寡面"。

少年没有回答。爷爷这才发觉，少年正盯着炒菜师傅出了神。那是一道青椒爆炒肥肠，火苗呼呼上窜，正到了火候处，喷喷声似欲炸裂，肥肠的酥香夹杂在青椒的呛辣里，融合成了世间最具诱惑力的味道，能一瞬间勾起人身上所有的馋虫。

好一会，少年才醒过神来，鼓起浑身的勇气说，爷爷，要不我哩吃炒肥肠吧？

爷爷徒然一愣。半晌，才缓缓说，不晓得要好多钱呢。

老板一边炒菜，一边大声喊道，不贵，6块钱一份咧。

爷爷大概一辈子没下馆子点过菜。忙又问，米饭要钱么？

米饭不要钱，管饱。

乡下人淳朴，生怕老板恰亏，又细声问，两人只要一个菜，要得么？

老板一愣，估计没见过两人只点一个菜的。这时，那份青椒爆炒肥肠出锅了，老板并不回话，端起盘子往屋里送。最里桌上，坐着两个西装客，这是他们第五道菜了。

爷爷见没回话，对少年说，我哩走吧，还是去吃面算了。

走了几步，老板忽然在背后喊，回来吧，可以给你们炒。

于是，爷孙俩拘谨地坐了下来。老板转身娴熟地热油、下菜、翻炒、调味……

那餐中饭，少年足足吃了四碗米饭。盛第三碗时，爷爷很不好意思地看着老板。他自己只吃了两碗，夹了几片青椒下饭，肥肠只略微尝了下味道。

吃第四碗时，已没剩几块菜了，少年将碗底的汤汁全倒进饭里，吃得山呼海啸。

少年心想，还可以再多吃一碗呢。但那一点羞涩的心，让他舍弃了这个念头。

故土故事

吃饱了吧？少年点点头。

爷爷这才从内衣兜里使劲掏出一个薄膜袋，用皱巴巴的双手，数出同样皱巴巴的 1 块、5 角的纸币，一连数了三遍，凑齐 6 块钱，递给老板并说着多谢的话。

此后多年，那碗青椒爆炒肥肠，一直是少年梦里萦绕不散的美味。

而爷爷，没几年便魂归尘土。生命的最后一年，他还在种田，以至死后，金黄的稻谷还在沉甸甸地等他收割。

少年成年，进了真的城。吃过无数大餐馆、各种名菜美食，却从没有一道菜，味道能好过那天那碗青椒爆炒肥肠。

从此，也落下了个毛病。少年只要一闻到青椒爆炒肥肠的香味，就忍不住想吃，忍不住流泪。直到今天，依然如此。

这个少年就是我。

说完，我摘下眼镜，顾不得干净，赶忙用衣袖接下那滚落的泪珠！

你还会包粽子吗

今年端午，你还会包粽子吗？这话，有两层意思。

其一，你还会不会包粽子这技术活？其二，虽然知道怎么包，但还会不会动手包？

第一个问题，可能难倒了 60% 以上的人。比如景桥，小时也是个"技术派"，曾和祖母、母亲一起学习包粽子。至今，那浓烈的端午味仍留存于记忆，而包粽子的手艺却早已抛诸脑外。

第二个问题，可能难倒了剩下的大多数。毕竟，超市里堆积成山的一箱箱粽子，购物网站上眼花缭乱的各式各样粽子，买一点省心省力，何必那么麻烦，非要自己去包呢？再说，端午食粽不过是个象征，尝一两个有那么个意思就得了，自己动手包，真没那闲工夫。

说实话，打以前，我也是这么想的。

但前几天，有朋友分享一则她母亲包粽子的视频，年近古稀的老人家，用干枯瘦削近乎颤抖的手，异常熟练地包着粽子。

先取两片新鲜粽叶，缓缓叠卷成圆锥状，再装满淘洗好的糯米，放入用棕树叶削成的丝线，将上边粽叶下折、卷起，将丝线缠绕几圈，然后不知怎么弄了几下，随后将丝线一抽，一个漂亮结实的粽子便拎在了手中，裹得严实圆润。

还记得，那丝线系的是"活扣"，待到粽子煮熟，找到那根线，轻轻一拉，晶莹剔透、香气喷喷的粽子便"裸露"在碗心了。

将视频反复观看几遍，仍感惊叹不已，这种"穿针引线"包粽子的神乎其技，真是老祖宗留下来的生活智慧啊。

也正是看了这则小视频，我才忽然感知到，端午又近了。

说来奇怪，此前，在超市路过一座山似的粽子，在电梯内看见过五彩缤纷的粽子广告，在单位饭堂还品食过粽子，无不在提醒着"端午"到了，而自己却似乎无动于衷。

但偏偏就是这则小视频，勾起了我无限的念想，那浓烈的端午节味儿，似乎隔着冰冷的手机屏幕，扑面而来，并将我关于端午的暖意全部唤醒。

常说，生活要有仪式感，节日就是一种仪式感；再说，过节要有仪式感，或许，自己动手包粽子，就是端午最大的仪式感吧。自己包粽子，这既是对传统文化的传承，更是对现代生活美感的追寻。

而那熟悉的场景，幼时的我，曾在那些年的端午岁月里，围在祖母或是母亲的身边，学着包粽，就像包着满满的幸福。而今，不少人可能觉得自己动手折腾包粽子，有点"傻"，掏钱买点多省事。包粽子的手艺，也罕有人会，年轻一代，更是只是围观了。

愿你出走半生　归来仍有故乡

我却越来越意识到，只有自己动手包的粽子，才是那个想要的"味道"。更何况，这是一年一度的端午节。

　　用心包粽子，恰恰便是在用心过节，在用心生活。

　　空谷回音，投桃报李。你用了心，生活自然也会"用心"于你！

采野菜二三事

——

"雨生百谷，故名谷雨。"

大山之中，这"百谷"，不仅指农家作物，更有田间山头的各种野生植物——历经百花绚丽的暮春，迎来万物生长的初夏。

恰因此，一年此节，也正是农家采摘野菜的丰收季。

这两天，朋友圈常有亲友晒出"扳（野）笋哩"的照片，诱起馋虫之余，亦勾起昔日的温暖回忆。

小时，每年这个时节，我总要和小伙伴们一起去扳笋哩。这种笋，纯属野生，没有主人，谁扳走就是谁的。几个小孩常约在一起，扒几口饭，便挎上大竹篮、拎着蛇皮袋等，向着野外进发。

江南丘陵的山里，到处都有坡坡野生翠竹，大约拇指粗细、三五米高（家生的毛竹则有碗口粗、十数米高）。可能是因为性喜阴凉的特性，尤以背阴处的山溪边、地塝下、井塘围的野竹笋，长得最是肥粗喜人。

哪些地方有这样的野竹笋，小伙伴们早已门清。抵达之后，便一溜儿钻了进去，快活地忙碌起来。

春夏之交，正是江南好风景，阳光和煦，风轻云淡，草肥叶绿。竹林深处一阵阵窸窸窣窣的动静，不时还传来一声声惊喜的叫喊——"哇"，那一定是觅得了上等的野笋儿。

在乡间，野竹笋到处都有，采之不尽，长得太长的不扳——老了，味不嫩，顺便留给来年做种；长得太细的不扳——撕开笋壳，一丁点笋芯，不划算。最上等的野竹笋，鲜明特征是"短大肥粗"，笋外壳的颜色还没全变灰黑，还带着点刚出土的黄白，这样的笋肉，也是黄嫩白，还没有变绿。

觅得这样的笋子，心中一阵窃喜，赶紧上前，用手尽可能握紧笋子的根部，斜向下部一扳，一根壮实的野竹笋，便入手了。会扳笋子的人，扳出来，往往笋子的长度构成是地下一半、地上一半，那才叫一个鲜嫩。

扳好的野竹笋，一捆一捆运送到路边，旋又钻进竹林，继续寻找大自然的馈赠。要不了多久，大竹篮或蛇皮袋，便装满了，小伙伴唱着歌谣，心满意足凯旋。

二

扳回的野竹笋，要剥壳。

剥壳的方法，有几种，其中一种是老老实实从根部往上、从外往里剥，比较费力费时。里手的人，则先从笋尖撕个口子，扯出笋壳头，用一根手指缠着，一圈一圈绕卷下来，整棵野竹笋的外壳，便从尖到根，整体脱落。

由于太多，往往全家上阵，一齐剥笋壳。

剥好的野笋儿，搁放在干净的竹篮里，色泽黄白中夹点碧绿，饱满清亮，晶莹剔透，闻着一股清香，瞬间苏醒了人们的味蕾细胞。

先将野笋焯水，以去除涩味，再将过年剩下的腊肉切出一块，肥的炸油，瘦的爆炒，食材的完美搭配、柴火的给力烹饪、佐料的出色调和，一盘农家"腊肉炒野笋儿"便端了出来，香气弥漫着整个屋子，夹一筷子塞进嘴里，满颊生香，鲜嫩、爽脆、可口，那绝对的"舌尖上的春天""舌尖上的江南"，农家的餐桌似乎也装下了一整个春夏。

野生竹笋不但味美，还营养丰富、功效神奇。

据科学研究，其富含植物蛋白、植物纤维、多种维生素及微量元素，低糖低脂，有开胃健脾、宽胸利便、降低"三高"、提高免疫力等多重功效，所谓"山珍"，便是如此吧。

当然，扳野笋儿的"农活"，孩子们会持续十天半月，一篮篮、一袋袋往家搬，新鲜的肯定吃不完。于是，便煮一大锅水，将野笋儿全部焯水，趁着春夏之交的阳光，晾晒成野笋干，严实地装进密封的塑料袋里藏好。或者是洗净焯水后，加盐、椒，腌到菜坛子里。到了深秋寒冬，干的取出来发水、煮熟，腌的取出来直接上桌，丰富着枯季菜果单调的农家餐桌，区区一盘野菜，似乎便让人望见了春天。

就这样，因为农人们辛劳和智慧，野生的美味，能跨越季节，满足一年的味蕾。

三

谷雨时节的野菜，除了野笋儿，还有野蕨菜——传说中的"山珍之王"，富含胡萝卜素、维生素C及多种矿物质，是普通蔬菜的几倍乃至十几倍，能促进人体新陈代谢，具有延缓衰老、润肠排毒、减肥消肿、降气降压、清热解毒等神奇功效，故民间又誉称"长寿菜"。

江南的浅山丘陵、林间地头，一到清明谷雨季节，这样的野蕨菜，遇雨而生，遍地皆是，比野竹笋还要烂漫常见。

野蕨菜，根茎先黄后绿，根茎粗壮，顶端是细碎锯齿状略显卷曲尚未打开的叶牙（如长大则是散开的叶子）。因属浅表植被，长不过20—30厘米，故在火烧过后的林间地头，最为密集。那年月，每年乡下总有这里那里的山火。

采野蕨菜，也要择嫩而采，长老了吃起来要嚼劲，味道也不对。但和扳笋儿略有不同，采野蕨菜只需从茎的下端折断即可，地上才是最鲜嫩的部分。

另外，野蕨菜的根，富含淀粉，也有人连根带茎挖了回去，加工成野蕨粉条。

小时候，我也常去采摘野蕨菜，野蕨菜也可以晒干收藏，但每年也就吃个三五回，远不如吃野笋儿多。

后来才晓得，民间自有大智慧，可能是因为野蕨菜含有一些有毒物质，并不适宜长期食用。这一点，和这几年声名鹊起、金枝玉叶般的香椿叶差不多。

但比起香椿，野蕨菜、野笋儿，却显得尤为朴实平常，价格也便宜，就像下地的农人们一样。时下在湘菜馆、川菜馆、东北菜馆子里，饭前小凉菜就能常见到它们的影子，比如凉拌野蕨菜、凉拌野笋，秀色诱人，开胃生津，口齿留香，堪称佐餐佳品。去海底捞等时尚火锅店，鲜脆野竹笋，也是一道特色菜，大俗者终大雅。

可见，野菜也开始跟随城镇化的步伐，从山野走进城市，走向市场，走上餐桌。

四

日子一直往前走，还有各种山野菜，等待着农人们的青睐。稍早的有地米菜、艾蒿（艾叶粑粑），稍晚的有金银花、野荞头、野高笋、松树菇、水芹菜、山栗子……

这些野菜，不仅风味独特，还纯属天然、无农药残留、营养及保健价值极高，滋养了一代又一代的农人。从母系社会的采摘果腹，到饥荒年代的充饥救人，野菜，就像敦厚的大地一样，从不负人，也从未负人。

更可贵的是，这些野菜，自在深山野林、荒坡草地之中求生存，并不需要人的关照，自己就勃勃生长，无私馈赠给辛劳的农人。

靠山吃山，靠水吃水，这大概也是大自然的生存法则之一吧。农家谚语有云：粮再多，野菜也要备几锅。混杂着吃，一则省粮，二则健康。同时也告诫人们，粗茶淡饭，素简生活，原本就是一份安然与知足。

　　这些山间的野菜，还告诉农人们，只要你走进山里、付出劳作，总不会空手而归。只要你四体不懒，愿意劳动，总能寻觅到一口吃食。

　　而这些山里的孩子，走出大山、走到更远的地方，也一直没有忘记这些教诲——你的工作、你的努力、你的勤劳，总会有一份收获！

恰酒包食

成功入冬的深夜，看到一则暖暖的视频。河南民权，一位107岁的母亲，出门做客吃完喜酒，没忘了包一颗糖回家，顺手塞到她84岁的女儿手中。

幸福总如此相似，一刹那便惹得泪眼花花。

我是特别能理解这种情愫的，而思绪，也瞬间带我穿梭回二十世纪八九十年代——那时，爷爷奶奶外出恰酒（我老家乡音，即吃酒席），正是这般包食回来，给嗷嗷待哺的孙儿打牙祭。

那年月，乡下山村贫瘠，物质极不丰富，孩子们个把月也难得见顿鱼肉，花生、瓜子、糖果、饼干，往往也是到过年才能见到的零食。但也有例外，那就是爷爷奶奶外出吃酒之时。

彼时乡下虽穷，但古风颇浓。请客摆酒，远没如今这般频繁，更没沾上借机"敛财"的习气。无非是婚丧嫁娶这样的红白大事，一年吃酒，次数屈指可数。而且，因为民心古朴，加上食物匮乏，那时一般恰酒，一家只能去一人，倘若去多了，礼金却照旧是微薄的一点心意，主人家就会亏本了。

清晰记得，每次爷爷或奶奶外出恰酒，回家时，天色往往已晚，我还在厢房的旧木桌前写作业。

这时，爷爷或奶奶，从衣服内兜里掏出"包食"（村里俗语），递给我，喊着我的乳名，说，吃吧！包食物用的是手帕巾（我们那老人，几乎都有这样一块方巾），正方形，长约 20 厘米。里面，往往夹杂多种食品，比如花生瓜子之类的干果，小花片、麻花根、冰糖之类的副食品，又或是一条鱼尾、一根鸡腿乃至一两块扣肉。

那一刻，我几乎所有的味蕾细胞都被调动起来，口水泪泪而出。爷爷奶奶看着我兴奋、满足的模样，嘴角流出欣慰的笑意，边给我讲今天吃酒又遇到了哪些新鲜事儿。

有了三番几次的体验后，我总盼望着爷爷奶奶能出去吃酒。每逢爷爷奶奶出去恰酒，端坐书桌前，我内心总充满了雀跃的期盼。

偶尔，如果恰酒的日子适逢我放假，爷爷（奶奶）也会带上我。带上一个小孩，主家倒并不介意。我也是因为这样的机会，才知道二老是如何包食的。

有一次，爷爷带我恰酒席，排位坐好四方桌，开席，菜品次第上桌。

古风仍盛的那会，虽然桌上的菜肴平日难得一见，但大家却恪守着乡礼。每桌都有主人家请的一位陪客，往往寒暄几句、说些客气的场面话，端起酒杯抿一口，然后说"请"，大家这才动筷，夹一点菜放到自己的碗里。

事实上，菜品虽丰，分量却也有限，不少都是下饭菜。如果大家全部放开肚子吃，那怎么都是不够的。因此，讲究的农人们，每次都要等到说"请"，方才一起动筷——大家的吃食是均等的。

这时，邻座还坐着一位老爹爹。只见他掏出一方手帕巾，打开，颇有点不好意思地解释，"家里还有个孙子呢"！——要知道，那会在乡下，不像如今吃不完打包很流行，一则真要吃肯定全能吃完，二则出于礼数不能真吃完，必须剩一点，这样主人家才有面子。

于是，每逢大家说"请"，他便也跟着夹一块菜，却并没有放到自己碗里或嘴里。偶尔，轮到汤水菜或特别散的菜，他才吃上一点。约莫个把钟，一场酒席吃完，众人早已三碗米饭下肚，饱食一顿美餐。而老爹爹的手帕巾，此刻也有了那么一小包了。

有人讲客气，问老爹爹，您老这都打包了，吃饱了吧？老爹爹赶紧心满意足点头，吃饱了，吃饱了，吃了好几碗（米饭）呢！

当时少不更事，很多年后，我才晓得，那位老爹爹不正是我爷爷（奶奶）恰酒包食的影子嘛——原来，那些包食，都是二老省着自己不吃，留下来带给我的呀！

如今，二十多年过去，生活日新月异，鱼肉零食，早已吃到身体营养过剩。而爷爷奶奶，也早已化作一抔黄土。

长大后很多年，我都觉得，再也没有吃过包食那样的美味了。

有一回，我甚至特意去乡下吃酒席，也依样包了一方巾回家，打开了细细品尝，却再也不是那个味儿了！

但依然，咀嚼着吃完。吃着吃着，眼泪哗啦哗啦！

怀念"树莓自由"的日子

　　财务自由的等级划分，标准向来不一，但脱离温饱的人们发现，以吃的标准来做考量，往往更形象生动、入木三分。

　　譬如有一句话很精辟，叫"以前，穷人吃菜，富人吃肉；现在，富人吃菜，穷人吃肉"。

　　又譬如，前一阵，掀起一股"车厘子自由"之争；如今，又刮起"荔枝自由"的旋风。

　　前不久，去连锁店"百果园"，看见一味水果，很是眼熟，仔细一瞧标签，竟写着"树莓"——这不就是小时候家乡的"树泡哩"（俗名）嘛。

　　再看价格，赫然一惊，小小一盒，200克，标价45元，乖乖啊。咨询看店小妹，说，很正常啊，此品种果期不长，酸甜口感极美，还具益肾明目、清热解毒的功效，物以稀为贵嘛。

　　回家百度才知，树莓如今已成各大水果超市的"新宠"了。

　　心里不由得一笑，看来，小时候在穷乡僻壤早已实现的"树莓自由"，在都市打拼半生后，却已是享受不起了。

　　记得小时候，每逢端午前后，在江南家乡的丘陵山坡上、地塍边、塘堤下、荒地里，放眼望去，一大片一大片的野生"树莓"，娇红欲滴、惹人垂涎。

而"树莓"的孪生姐妹"地莓",此刻也是互相呼应,正是满山遍野、待君品尝之际。

稍不同的,树莓有带刺的枝叶,高达1米好几,喜阳;地莓长在野草之间,高不过10来厘米,喜阴,果实比树莓略大略红。

看见了树莓(地莓),大人们、孩子们疾步走到跟前,随便采摘品尝,不一会就吃得心满意足,随带的大瓷碗或圆茶缸也早已装满。

那时,只要你腿勤,愿意走进山里,这些大自然的时节馈赠,随时都能让你实现"树莓自由"。古人云"孟夏时节,万物并秀",在农人眼中,却也是一饱口福的富足时光。

而如今,树莓由野生变人工栽培,登堂入室,摇身一变为水果贵族,顿让你我生出无限的"人何以堪"之慨。

不仅"树莓",小时候家乡的野生山果"洋坨哩",如今化身为"猕猴桃",好点的品种一个便要10元;另一种"汗皮子哩",如今化身为"蓝莓",100克一盒的价格也是好几十元了。

唯一的不同,不过是人工栽培后,果实大一点丰润一点。想起有个词,"凤凰男",专指那些出身贫寒,几经辛苦考上大学,毕业后在大城市落足生根的男子,寓意"鸡窝里飞出了金凤凰"。

类推之,这几种水果,大抵也可归纳称之为"凤凰果"了。

真没想到,故乡山里的"珍宝",也像游子一样,开始走出大山、走向远方。

而它们，就像你我，一样是大山的儿女。

五一假期，父母和妹妹特地去山野采摘地莓，还沿用乡下特有的土方法，拿狗尾巴草穿成一长串（以前农人没带盛器，就以此法将果实带回家），拍照发给千里之外的我，刹那勾起无限念想。

那时，阳光正好微风不燥，我们在田间地头，自由奔跳。

那时，青草芬芳岁月静好，日子还是"树莓自由"的时光。

忆儿时的农忙假

———

如今的五一，虽说是国际劳动节，然而大家想得更多的是去哪旅游、如何度假——当然，这算得上是劳动者的一份福利，或是向劳动者的一次致敬！

我却不由得想起了儿时的"农忙假"——显然，这是一种暴露年龄的假，今天的 90 后、00 后，大多已不知此假为何假了。在我小时，这个放假，目的只有一个，就是"劳动"——帮助家里"双抢"（抢种抢收），或下田地，或上山岗，哪怕只是个小屁孩，也得出一份力，多个人多个帮手嘛。

而且，这个放假，不唯学生需要，老师同样也求之不得——村小大多是代课老师，半教半农，工资微薄，家里必须和大家一样，应着时节种田种地，方能维持生计。因此，每逢农忙之季，老师放假也是刚性需求。我一位小学老师，常和学生们说道自己是"挽起裤脚下田是农民，放下裤脚上课是老师"，这是十分生动形象的乡村教师写照。

当然，虽说要劳动，但毕竟也是放假，大家心里是十分高兴的。更何况，在乡村的种和收，象征着播种希望、收割果实，是一年中的最关键劳动，无论是老师、还是学生，抑或村子里的农人，辛劳之余，内心是雀跃激动的。

百度"农忙假"，其历史，可追溯甚远，《新唐书·科举志》载："每年五月有田假。"

但此假，并无统一的放假日期、时间期限。缘由是，大江南北，各地作物不一，种收时点也不一样。什么时候农家最忙，就什么时候学校放假。

因此，"农忙假"，是一个因地制宜、因时制宜的假。

如果没理解错的话，这个假，不像今天的"五一"，是普适性的，所有人都有假。而"农忙假"，则似乎只特定针对学校——老师和学生，农民固然谈不上放不放假，工人因属"国家粮"身份，工厂生产一刻不能耽误，也就无需下田下地了。

依稀记得，家乡的"农忙假"，一年两次，上学期大约在10月左右，下学期则在4、5月间，每次放假7—10天。据父辈们讲，他们读书的时候，"农忙假"最长甚至达一个月。

江南丘陵，坡坡山田。

为了生计，农人们每年要种两季稻谷——早稻和晚稻，早稻4月左右插秧，晚稻10月左右收割。后来，随着种植效率的提升，很多农户才只种一季——中稻。

"农时不可违"。就在这样的抢种抢收季节里，"农忙假"应运而生。

二

春季的农忙，主要是"种"——稻田栽禾（即插秧）。

我们这些孩子们，大多按照年龄，各领任务。稍大的，可以帮忙拔秧，用一根根干枯的稻草，将秧苗扎成一捆一捆，交由力气大的农家汉子，用竹擽挑到各处的田边，然后错落有致均匀抛洒在犁好的泥田里，供栽禾的人一边拿、一边栽，弯着腰边栽边退，从田头到田尾，一晌功夫，就栽好一块。也可以载禾，在大人们的教导下，依样学样，三五根禾苗一束，栽种到水田里，入泥几分，间隔几分，都有固定的尺度，只是小孩子手生，栽出来的一片禾，多半歪歪扭扭，逗得大人们直乐。

年龄小点的，则做些辅助性活计。

比方割草，家里的老黄牛正驾着犁耙操田，上下午都不得停歇，故要给它割草，间歇时间集中式供餐。正是春和景明，孩子们也心疼牛的辛苦，挽着竹篮，拿着镰刀，专割那些刚长出的绿油油嫩草，暗自希望牛能美美吃上一顿，更多的出出力。

再比方给大人们送茶水、送这个那个农具。

但让我记忆最深刻的，是秋季的"农忙假"。

金黄的稻子沉甸甸垂在田里，等着农人们的收割。老式打谷机抬到了田里，孩子们依旧是按龄劳作。

稍大的孩子，可以割禾，这似乎是女人、老人和孩子的专属——毕竟不需要太大的力气。成熟的稻禾，割成双手刚好握起来的一捆，搁放在脚边，每一捆称之为一个"禾把"。最强壮的男人，则负责打禾——由孩子们将"禾把"抱起来，递送到打谷机旁的父辈手中，称之为"摞禾把"。

负责打谷的男人，一般是两个，左右各一个。他们左脚踩着打谷机的底盘木板，右脚踩着打谷机的传动踏板，极有节奏地上下踩动，打谷机的主要部件——带钉滚轮，就在机械齿轮的作用力传导下，"咕吱咕吱"欢快地叫起来。

接过孩子们左右两边送来的"禾把"，双手力度均匀、松紧有度握着，将有稻穗的一端，送进飞速转动的齿形滚轮，哧哧哧，谷粒被滚轮上的倒 U 形铁钉脱落到后面的谷箱里。

谷箱后面，有一个年龄稍大的男人，负责将脱落的谷粒用撮箕装出来，装进竹箩筐，再由力壮的汉子担回屋场里的晒谷坪。

为了缩短"摞禾把"的距离，提高打谷的效率，大致以前方 8 米为半径的半圆为"势力范围"，每超出 8 米，打谷的大人则停下机器，将打谷机往前拖行 8 米，这样和"禾把"又是亲密接触了。

年龄小的孩子，同样要给大人们送茶水，只不过还多了一个活计——拾稻穗。割禾时，有少数稻穗"掉了队"，打谷时，每一个禾把里虽经反复脱粒也难免有少数"幸存者"，就需要孩子们跟在后面，捡起来，往往一上午，也能拾个三五斤，都是粮食啊，一粒都不能丢。

那会有首民歌风的童谣《拾稻穗的小姑娘》，非常流行，歌词唱着：

拾稻穗的小姑娘，赤脚走在田埂上，头上插朵野菊花，手臂上挽着小竹筐；

今年虽说大丰收，她不丢掉一粒粮，小手拾起金稻穗，酒窝里充满笑的浪。

在欢快的节奏里，也唱出来孩子们"农忙假"的身影和心声。

三

中国的造字，意蕴深厚。

就说这个"劳"字，属会意字，古时写法为"勞"，上头的"火"，表示灯火通明，夜以继日；中间是"冖"字，表示房屋，和农户们密切相关；底下是"力"，意思就是要付出。

一个"劳"字，就将人们辛苦劳作、创造财富的工作，描绘得出神入化。

但，没有经历那样的"农忙假"，是无法体味劳动的艰辛和粮食的来之不易的。

孩子们，在新鲜劲过了以后，就开始懂得那份"人生实苦"了：拔秧、栽禾、割禾，都是弓着腰，时间稍长，就腰酸背痛；割禾时，稻穗颇为锋利，往往劳作一会，手上常有伤口；"摞禾把"则几乎就是在泥水里摸爬滚打，深一脚、浅一脚，伴随着打谷机的催促声，小跑着干活，而"秋老虎"正厉，毒太阳将人晒得汗流浃背、浑身黝黑；偶尔试一下打谷，机器踩动起来几分钟，就感觉吃不消，没那份足劲，可想而知大人们的重担了。

就在"农忙假"这样的田间劳作中，孩子们得到了最好的劳动教育、感恩教育。

一年一度、春播秋收，告诉孩子们："春播一粒粟，秋收万颗子"——人生在勤，人只有辛勤耕耘、努力付出，才能有所收获，才能吃得饱、穿得暖、活得好。

劳动的种种艰辛，告诉孩子们："谁知盘中餐，粒粒皆辛苦"——每一粒粮食都如此来之不易，劳动的果实必须倍加珍惜。还有对长辈们的感恩，更好的生活，是他们用如雨的汗水浇灌出来的，参与劳动，也就更加感同身受了他们长年累月的辛劳，更加感知了生计的不易。

这样的教育，是天然而朴实、入骨又入心的。"农忙假"的每一天，当幼小的我们拖着累得瘫软的身躯回到家，总忍不住想要更加努力的读书，努力地走出去，走出这"面朝黄土背朝天"的一方天地，走出这艰难的生活。

而多年以后，"农忙假"不再有，取而代之的是"五一"七天乐、五天乐。长大的"孩子们"在远方奋斗，依旧还记得那份艰辛、那份不易，时刻不敢倦怠，在城市的岗位上努力付出，依旧秉持着农家的那份勤劳和朴实。

日子越过越好，生活越来越甜，但也常常会想起农忙时节的苦和累，也就更加珍惜当下、感恩生活了。

这，或许就是放"农忙假"最大的受益吧！

忆故乡的老人

━━━

前阵，父亲来电说，故乡小村的仁爹故去了。炎炎夏日，顿生一阵寒凉，心底不免唏嘘、失落。

仁爹是村里爷爷辈中，仅剩的最后一位老人了，抵近百岁高龄。如今，随着他的仙逝，他们那一代以及那一代人的陈年往事，已悉数尘归尘、土归土。世上再难有他们那一代人讲古口述，而只剩下，村中晚辈们零碎的片段记忆。

我问父亲，那你们这一代人中年纪最大的是谁呢？

父亲说，应该是你福伯，接近 80 岁了。

我猛然意识到，就连父亲，也已是花甲之龄了，岁月又何曾饶过一人！

遵从乡俗，仁爹的喜丧礼，办得风光热闹。因是村里辈分最高的老人，散落天涯的村里人，能赶回去的都尽量回了，送送老人最后一程。

曾经，老人见证村里绝大多数后生们的出生、成家及人到中老；如今，这些业已年迈的"后生"们，或千里迢迢，或耗时数日，只为去见证老人离去的最后场面。

或许，这就是人类宿命的传承，总应了那句话：长江后浪推前浪、世上新人赶旧人。

二

在我小时候，村里有很多老人——当然，几乎全部是我的爷爷辈。

他们有很多共性特征，例如都那么勤耕苦作，崇尚读书人，都那么喜欢讲古论今，善良朴实，如风中烛火，保留着那一代人残剩的古风。

他们也有诸多个性特质，除了谋生技能，兼有各自爱好。有的是堪舆大师，有的是讲古行家，有的四书五经滚瓜烂熟，有的好作打油诗，有的擅长算命，有的毛笔字十里闻名，有的只读过两年私塾，有的还念过近代中学；有的是篾匠，有的是木匠，有的是砖匠；有的喜欢走路背手，有的腰已微微佝偻，有的不分夏冬总戴一顶毡帽，有的手里像焊接了一个老式旱烟袋；有的蓄着长胡子，有的永远剃个光头；有的身板健硕硬朗，有的骨凹瘦削弱不禁风；有的嗓门粗大，有的似乎总在咳嗽；有的银发白须飘飘，有的满脸沟壑纵横。

他们人生的经历，也各有各的苦难、各有各的辉煌，各有各的坎坷曲折、各有各的悲喜交集。

有的被国民党抓过壮丁，中途趁乱逃脱，步行数十昼夜才折回家中，自此一生再不出远门；有的被鬼子抓过，趁着夜色，挣脱绳索跃下山沟逃走，狂奔之中脚趾头磕断半根也不晓得疼，才捡回一条性命；有的去湖区贩鱼虾，遇上发大水，被冲下木桥顺水漂了几里路，幸被渔民救起。

　　故乡的老人，就像影视剧里，每个人扮演一个特色鲜明的角色，过完同样平凡普通却又独一无二的人生。

三

　　而更令人印象深刻的是，故乡的老人，似乎每个人都身怀绝技。在孩子们眼中，每个人都是一本历史小说，抑或一部民间传奇，都是一座注定要被仰望的山。

　　比如我爷爷，读过几年私塾，一生种田直至去世当年，是典型的江南农民。但他却有几样活计，令人咋舌称奇。

　　一是他对诸多古代传奇小说均能倒背如流、讲得出神入化，譬如《薛仁贵征西》《杨家将》《乌金记》等等，在筑大堤、修铁路等集体派工的工地上，劳累一整天的后生们，都缠着他"讲古"，必得听完几段"古"，方能心满意足沉睡。

　　二是他会"掐时"——即掐指一算的本领，谁家丢东西找不到了，谁家牛走丢了，谁家小孩病了，往往找我爷爷"掐时"，算出东南西北的方位，算出天上地下的神怪，然后备好祭品祈祷保护，往往灵准，且常有破解。

　　三是唱"夜歌"（即孝歌），谁家老人去世了，守夜时便请我爷爷过去，就着一面牛皮鼓，敲敲打打，一晚上能唱好几本"古书"，都是七字一句，音韵悲凉、曲调古朴，既寄哀思，又为守灵人解困。

比如尚爹，既精通古文又上过近代中学，既精通风水又擅长吟诗作对，十里八乡盖房子、选墓地，都得请他过目把总，谁家老人去世了，都得请他主持祭礼。记得有一次冬夜，上初中的我们几个小孩，在他家烤火取暖，他竟飙出一口流利的英语，与我等探讨语法，令人不可思议。而他，也同样是一辈子务农的典型村人。

那时，大伙基本还住在村里。每逢夏夜，众人都坐在禾场纳凉，或是冬夜，围坐在火塘边烤火，构成了孩子们最欢快的时光。

这些老人们，你一言我一句、你一段我一段，给孩子们讲述着村史祖记，讲述着人事种种，讲述着天地万物，讲述着历史传奇，有时还出些难题怪题，考考孩子们的智商和悟性，充作孩子们人生路上的启蒙师。

那般场景，就像日月星辰，永不磨灭。

以至到今天，老人们的音容笑貌、言谈举止，在我脑海中仍旧那么鲜活、那么深刻。

四

后来，他们逐渐凋零。

打我记事起，每一年，总有一两位老人离去。全村人出工出力，吹吹打打，将老人送上山入土为安。

就像我爷爷，给很多同辈弟兄唱过"夜歌"，而最终他也离去，安静躺在棺椁中，听别人唱着他一生唱来的熟悉的夜歌；就像尚爹，给很多人主持过"祭礼"，最终也有传承者，在他的丧礼上演绎着一模一样的古法程式。

故去的故乡老人们，终归无法挽留。而且，随着世事无情变迁、山外世界的日新月异，村人纷纷外出，留守的老人越见稀少，就连老祖屋也日复一日破败不堪了。

比如我家，爷爷 2003 年去世，奶奶 2008 年去世。二老在世时，不管儿孙过去一年在哪谋生，哪怕大年三十，也一定要赶回家中过年。待得二老仙游，我们家，再也没回故村过年了。

老人在时才有故乡，老人在时才有乡土。

故乡的老人们，是活着的村史，是活着的故乡，是故乡的灵魂，是故乡的原风景，是故乡的全部温度。

当老人们零落成泥，故土已然不再。

那些故土故情、日出日落、山水田地，那些春种秋收、人事代谢、循环交替，那些乡音乡容、族谱村史、祖宗根迹，已然只存在于我们的记忆里。

五

那年回乡，车行至村前约一里许，只见公路边野草疯长，压得路面仅 1 米多宽。而每隔十几米，便都能见到一处挖开了的山口，有的空立无声，有的已打好墓碑。

父亲说，这都是他们这一辈人提前选好的"千年屋"宝地。因为故村已近乎消失，为便于后人们返乡扫墓，宝地无一例外都选在了公路两旁。

车缓缓前行。忽然，父亲说停一下。

下了车，父亲快步走到一处新挖开的山口，站在正中央，大声对我讲，这就是我选好的自己的风水宝地，你看怎样？

我还没太反应过来，顺口回答，挺不错的啊。

父亲颇为得意，兴奋地说，这块地，好几个人都看了，背倚巍巍高山，面朝远方苍翠，视野开阔，左有青龙、右伴白虎，算是一块难得的好地了。

他打着手势，哪边是东、哪边是西，哪边的山算青龙、哪边的山又是白虎，哪边算是命数脉向，哪边稍有妨碍，但却并不影响此地的大格局。人无完人，地无完地嘛，父亲最后说。

我顺势看去，只见群山绵亘、草木苍劲、山色掩映。忽觉悲从中来，心中不由得一酸，百年之后，这就是我父母落叶归根之地了。

人事有代谢、往来成古今，古人不见今时月、今月曾经照古人，这些句子，都是幼时诗文中读到的。而现在，对内中蕴意的理解，已是切身领悟了。

因为如今，父辈们已成了"故乡的老人"了。即便我们，无需多少时月，也将是"故乡的老人"吧。

讲古

———

讲古，在我的老家，意思就是讲故事。

依照乡音，讲，读音为"gang"，和粤语中的"讲"音相同，而粤语，本身就是古音。很多年后，我才知道，原来在粤港和闽南一带，民间也是有"讲古"一说的。

古，就是过去，就是往事。

置身更大的地理视角，讲古，其实和北方的说书、西南的摆龙门阵，差不多。

我小时候，最喜欢听村里的老人们讲古了。

那会儿的乡下，孩子们除了正规课本，几乎找不到任何课外读物，没有图书、没有报纸、没有漫画，村子里电视、收音机、录音机十分罕见，幕布电影一年都难得看一次，获知外面世界的渠道，就如同这个乡村一样贫瘠。记得很清楚，每次到姑妈家，我总会将高我几年级的表哥表姐的语文、历史等课本翻出来，捧在手心，如获至宝。

而听讲古，理所当然，成了孩子们跳出村子看世界的特别通道了。

二

讲古者，多是村子里上了一定岁数的人。中年汉子，一则似乎不太感兴趣讲，二则可能也没那么多"古"，不会讲。

讲古内容，不外乎以下几类：一是历史小说，三国里的《空城计》《火烧赤壁》，水浒传里的《武松打虎》等，都是百讲不厌的"古"。这一类，更接近于现在中央电视台的说书（评书）；二是神话传奇，封神榜里的《姜子牙钓鱼》、西游记里的《三打白骨精》《聊斋志异》里的书生等等；三是当地风土人情和民间传说，乡土气息浓郁，比如本县市的某位历史名人传奇；四是村史，讲述本家一族先祖，如何扎根于此传家继世的，讲村里人一生的种种经历。

讲古的老人，有很多，几乎每个老人都有自己独一无二的"古"——这应该也算民间文艺创作的范畴吧。当然，各人擅长讲古的类别，如同今天大学里的专业，多半各有所长。又有点像讲古老人脸上的沟壑，虽纵横交错，却和而不同。

记忆里，村里的讲古高手，被誉为"古师"。读过民国时期高中的尚爹，最能讲历史小说，估摸是读了大量名著古籍的缘故；精通风水学问的元爹，肚子里常能冒出很多稀奇荒诞的鬼怪神事，用今天的话，叫脑洞大开；见多识广的正爹，最能讲一些夹杂着科学道理的小故事；能唱花鼓戏的海爹，讲的"古"，大多来自戏本，比如《杨家将》《八仙过海》《山伯访友》《灯笼记》等等。

我的爷爷，也是十里八乡闻名的"古师"之一，这得益于他超强的记性和优异的口才，他同时还是唱夜歌的人（家乡人去世后守灵的丧歌），一本一本的传奇故事，一整夜里，能一字不落、伴着鼓声的节奏，吟唱出来。夜歌本和"古"本相得益彰，使得他的"古"，极为丰富精彩。

　　据爷爷讲，当年大队部选派精壮劳力去长江边上"挑堤"，晚上，大伙百般无聊，尽缠着我爷爷"讲古"，不来几段"古"，是无法安然入睡的。

　　因为讲古讲得好，爷爷还落了个好差事，在伙房负责帮厨，一则免了挑堤的风吹日晒、肩挑手扛，二则在厨房，近水楼台，物质匮乏的时代，也能多沾一点荤腥。

　　当然，这些事，我也是听爷爷"讲古"才知道的。

二

　　不同于说书，得有个书桌、醒木、扇子之类，村里的讲古，往往因地制宜，因陋就简。

　　或三五人，或十来人，围坐一处，讲古的老人，咳咳地清一嗓子，就用大伙熟悉的乡音和俚语，绘声绘色讲了起来，并不需要什么道具，也没有任何报酬，纯粹村里人图个乐子。听者大多全神贯注，跟着"古"的节奏，跌宕起伏，时而紧张、时而轻松，时而悲伤，时而开怀，时而伸长脖子，时而一声恍然地"哦"。时间悄然逝去，往往夜深几许，讲古的人听古的人都嘴唇干了，主家烧开井水、排开茶盏，泡上浓香的土茶奉上，就足以消困解渴了。

讲古的地点，也并不特别讲究，山水田园，有人聚处，皆可讲古。干完农活的田埂边，夏夜纳凉的禾场里，北风呼啸的冬夜火塘旁，年三十夜里守岁的堂屋中，都少不得要讲一段古。

那时，常年在田间地头辛苦劳作的农人们，文化生活极为虚匮，不像现在，一机在手，应有尽有。而听古，正好弥补了这一精神缺口。

出于年少时对世界的渴望，我常缠着爷爷讲古，甚至在冬夜的睡床上，爹孙俩，一人睡一头，爷爷也给我一人讲古，我常常听着"古"，心满意足进入梦乡。

那样温情的"睡前故事"，如今还残存在异乡的梦里。

很多年后，也才晓得，这些"古"，虽已忘了其绝大部分内容，但其精神，却早已注入了我的灵魂。

正如故乡的山、水、人，虽远隔千里，却早已融入了我的身体，变成了形而上的存在。

四

"一个国家、一个民族不能没有灵魂。文化文艺工作、哲学社会科学工作就属于培根铸魂的工作"。

我想，一个村庄、一个家族，亦是如此。而讲古的人，也就是这个村庄或家族的"文艺工作者"，为晚辈后生们"培根铸魂"。

迄今，我仍依稀记得的一些"古"，都蕴含着强大浓厚的乡土情结和感召力量。

比如，有一个讲小孩的"古"。幼时，孩子偷了货郎担子里的一根绣花针，母亲不但没有责怪，反而替他遮掩，连声夸奖。久而久之，孩子长大，逐步发展到偷鸡摸狗、偷金偷银、打砸抢杀了，最终被抓获判了处斩。行刑前，县令问他还有什么遗愿？他说想吃母亲的一口奶。结果，他却一口将母亲的乳头咬掉，以示对母亲纵容的怨恨。这个"小时偷针、大时偷金"的"古"，藏着许多朴素的大道理，既教育小孩从小就不能爱小便宜、不能干坏事，因为"三岁看大、七岁看老"，又教育大人决不能纵容孩子，因为"慈母多败儿"。

有一个讲四兄弟的"古"。说某一天，穷得肚皮贴着肚皮的四弟先去大哥家，当时正在杀鸡，见弟弟来了，赶紧不杀了，找了个借口，说家里来了客人不能杀鸡；又去二哥家，当时正在打梨，赶紧不打了，找了个借口，说要下雨了不能打梨；再去三哥家，他家也穷，刚好摘了一条丝瓜，连忙炒了热情招待弟弟。后来，四弟发奋读书，高中状元，做了"驸马"。三位哥哥都去道喜，希望讨个好差事。四弟写了一首诗，说"添客不杀鸡，落雨不打梨；丝瓜恩情好，黄州不改移"，只给三哥安排了一份在黄州任职的好差，而且是"终身制"，大哥二哥羞愧不已，无奈只好打包回家了。这个"古"，告诉村人们，兄弟之间要相爱相亲、互帮互助，发迹了要懂得滴水之恩、涌泉相报，更还有对年轻后生们要用功读书的激励，书中自有黄金屋，书中自有颜如玉。

有一个讲风水的"古"。一位富贵先生，请了地生看地，做百年后的"千年屋"。在去往祖山的路上，忽然看见远处鸟雀惊

愿你出走半生　归来仍有故乡

飞，原来是几个小孩在山上偷偷摘梨。先生对地生说，咱们回去吧？地生不解，为何？先生说，孩子们在摘梨子，我们去了，肯定会惊吓到他们，万一失足跌下来那就不好了。地生听了百般感慨，说您家的地不用看了，无论选哪里，都是一等一的好地。这个"古"，告诉我们宅心仁厚、必有后福，与人为善才是一个人一生中最大的"风水"。

还有关于本地进士吴獬的多则"古"，大多已忘记了。只记得其中一则，说湖广总督张之洞慕名前来拜访，和吴獬畅谈一天一夜，并不无感慨说，天下的学问就像洞庭湖的水，吴獬饮了一匙，我和诸位只是尝了一点一滴罢了！这个"古"，讲到了天下学问之大，讲到了读书人的惺惺相惜，无形之中，令人对读书有了无限神往。

还有一个洞房花烛的"古"。说苏东坡的妹妹苏小妹，也是才高八斗，嫁给了状元郎秦少游。洞房花烛夜，花好月圆时，只见她走到窗前，双手推开窗户，出了一联"双手推开窗前月"，要秦少游对对子，对不出来就不许上床。秦少游可能紧张，一下子想不出来，只好在新房来回踱步，陷入沉思。苏东坡恰好半夜路过，在门外听到了姑爷正在反复吟着"双手推开窗前月"，心知是妹妹在考难夫婿，于心不忍，于是拾起一块石子，投向屋前的水池，只听"噗"的一声响。秦少游得了启发，下联也便脱口而出，"一石击破水中天"，这才得以春宵欢度。这个"古"，对于孩子们来说，有点暗暗的性启蒙，更有关于才气、灵气的阐释，要读书，更要读活书。

当然，还有更多的"古"，有些很诙谐风趣，寓教于乐，有的恐怖刺激，令人惧怕，甚至还有一些"咸古"（风花雪月的故事，较粗俗的男女故事）。比如某个岳父大人嫌贫爱富的故事，某个邻村铁匠夜遇千年树精斗智斗勇把树精骗到铁炉烧了的故事，某个有名的"哈心"（即智力障碍者）娶了聪明老婆的故事……

　　由于年代久远，我多半已不曾记得，随着讲古老人们风中凋零，这些"古"也便埋进了尘土。年少时，我偶发素愿，计划用笔记录下这些"古"，想来也是一件大乐事。只是因学业繁重，人有惰性，未予实施。如今，只能凭着零星记忆，勉强记录几则罢了。

　　逝者已矣，"古"亦如此。

　　怅然之际，却也深深晓得，这些"古"的精髓，是伴随我一生的，无时无刻不在指引着我的求学、做人和行事，就像是我的根、我的魂。

五

　　讲古的另一大块内容，是讲"实"，讲村庄旧史，讲家族记忆，讲讲古人的见闻，讲世事岁月的代谢更替。

　　这些"古"，有名有姓、有年有月、有板有眼，地点、人物、情节都很具体真实，都是熟悉的场景，都有血脉的牵连，细节能具体到了村边的哪一条小溪、哪一座山、哪一棵大树、哪一户人家，让人代入其中，仿佛就发生在身边，发生在昨天。

　　这是代代相传的"古"，是生命的传承，是古朴的历史，也是新生的记忆。

愿你出走半生　归来仍有故乡

正是在这些"古"里，我们记住了国仇家恨，熟络了家族往事，铭记了先人事迹，懂得了风土人情，学会了做人做事。

抗战时期，我的故乡小村，因地处湘北咽喉之地，加上高山连绵，是烽火一线。山的一边是侵华日军，另一边是抗战队伍。孩子们听的抗战的"古"，自然也就多了。有一回，说游击队在一处险要路口埋伏了七天七夜，村里人帮着送饭，终于等来了一队巡逻鬼子，霎时枪炮震天，敌军纷纷丧命，只有一个因解小手掉队的鬼子，逃回去报信。次日，大队日军杀到村里，没见到一个人影，就将村里的房子付之一炬，烧了个一干二净。每每讲到此处，讲古人总要咬牙切齿，恨声连连，并说起祖屋此前多么气派，地板和阁楼都铺上实木，两边一排排全是木刻楹联，被火烧得只剩四面墙，太可惜了！

村东头有棵大榕树，顶上面插着一把日本军刀，据说是三个日本鬼子踩中了地雷，丧命之际，军刀也被炸飞直插到树上，直到解放后，才有人冒险爬上去取下。

我爷爷还讲过一件趣事。说他有次去山上挖树蔸，由于树蔸太大，费了很大力气都挖不动。这时，可能动静太大，被对面山上碉堡里日军发现了，一发炮弹打了过来，听见炮响，爷爷赶紧躲开，炮弹不偏不倚正好落在树蔸位置，刚好将树蔸炸了出来，爷爷于是赶紧将树蔸背了回去，心里不但不怕，还想着这一炮炸得真准，为自己省了不少力气。这个故事真实性存疑，却也反映了当时村人们边抗战、边生产的积极乐观态度。

除了这些，还有村人们在过往岁月里的艰难求存、九死一生。

有一回，爷爷和人去湖北贩鱼，路遇暴雨，过一座独木桥时，脚下一滑，跌落到水里，幸被一个树枝挂住，捡了一条命。爷爷说，要不是那根树枝，可能这世上也就没有你们了！

有一回，村里好几个人联合去城里买猪崽，一百多里路，大家赶着猪走了一天一夜，风餐露宿，偶尔歇伙，坐在地上都能睡着，艰辛异常，也不过是为了有口饭吃。

有一回，对门山起了大火，众人奋力上山打火，火灭了才发现，头发被烧掉了一半，衣服上好多破洞。

"观今宜鉴古，无古不成今"。

在这些"古"里，我们读到了生命的顽强张力和生生不息，读到了生活的乐观朴素淳朴，读到了村人们的守望相助相依为命。

也正是这些"古"，成就了村人们的"今"。

对于日出而作、日落而息的村人来说，讲古听古，既是一种日常的消遣，更是一种精神的传承！

六

如今，许多年过去，讲古的人早已作古，成了我们这些后辈人口中的"古"。

回想这些讲古的岁月，我更加深悟，其间蕴藏的巨大文化基因和生命温度，正所谓"老人不讲古，后人易离谱"。

是的，通过这些充满着乡土生活气息的"古"，我们这些后辈，潜移默化之中，听到了自己的根脉所向，听到了远方的家国

愿你出走半生　归来仍有故乡

天下，听到了村子里的醇厚古风，听到了为人处世的是非原则！

那些或遥远或真实的"古"里，寄寓了村人们对美好生活的向往，对岁月唯艰的深刻感悟，对乡土情结的不尽执念，对列祖列宗的生命寻根，对晚辈们传承善良、诚实、勤俭、忠孝家风的殷殷嘱托。

那些血脉情结和处世理念，都随着老人们讲古的声音，如同内力，缓缓输入晚辈们的体内，让我们终身受用。

那些讲古的场所，某种意义上，就是当时教育尚落后的乡村的"学堂"，讲古声就是"教书声"，起到了教化育人、布道弘德的功效。也难怪，讲古的人要被称为"古师"。

如今，"古"声已远，"今"声续力。

我们也学着村子里讲古老人的样子，给自己的孩子们讲古。不管是睡前故事，还是家族聚餐，都隐约藏着"古"的影子。心底暗自希望，自己的后代，一代又一代，也能常听到这些遥远得似乎与世隔绝的"古"声。直到某一天，我们自己也成了"古"，但这"古"声，却是绵延不息的。

这"古"声，便是岁月的回响，便是生命的伴唱！

"看老"：事死如事生，相送远行人

前不久，初中同学群突然整齐刷起红包，仔细一瞧，原来是在凑"看老"份子钱——此为群规之一，但凡某同学家办红白喜事，能去赶个热闹的尽量去，远在他乡的也可凑个份子钱，聊表心意。

"看老"，在江南乡村，就是吊唁、吊孝、吊丧之意。逢有乡人去世，临近十里八乡的友村、亲朋，依照祖宗传下的古礼，是必须得前往灵堂跪拜祭奠的。

自然也得买些炮竹、花圈、纸钱、祭幛之类的祭品，所以才要凑个份子钱。

只不过，这次"看老"，和以往大不相同。

以往，逝者多是同学的爷爷奶奶、外公外婆或年迈的父母，岁数大了，走的是顺头路、安乐路，乡人称之为"喜丧"，亲人多半能坦然接受，群里自然也没多大的悲恸蔓延。

而这次，是全群落泪、满屏心烛。

这次的逝者，是我们的一个初中同学，因肝癌晚期，短短数月便撒手人寰，因为他的要强，此前群里竟没有一点风声。这也是建群以来，偌大一个 200 人的群，第一个离大家远去的同学。

愿你出走半生　归来仍有故乡

群里，他的微信头像还意气风发，几个月前的聊天记录尚有迹可循。如今，斯人却已杳如黄鹤。

怀念的话，惋惜的叹，寄托哀思的语，发自肺腑地夹杂在长长的"看老"接龙名单中，就像枯叶飘在空中、雨滴打在檐下，渐迷离了双眼。

人到中年，风雨扑面，就得经常直面种种突如其来的离别。

随后几天，微信群里，不断有同学发来"看老"现场视频，吹吹打打，哭声凄凄，炮竹阵阵，混杂着各种迎来送往的锣鼓声、礼客声和哀乐，一下就让人身临其境、悲从中来，也将我的思绪拉回过去，忆起幼时"看老"的点滴经历。

那会儿，村里的人还大多住在村里，十里八乡的山路，走的人还算络绎，黄土路面瓷实泛光，路旁的草木也退避三分。不退避也没办法，间或过路的黄牛，时不时会伸出长舌，刹那便卷走几口嫩草。

遇上老人仙逝，孝家会竭力办得风光——这，似乎是更重要的"孝"，虽然我并不如此认为。

而且，这个丧事，是合村人的大事，有些重要关节，特别是对外村前来"看老"之人的礼节，也不是全孝家说了算。根据乡俗，老人仙逝当天，村人们便会合力搭建好灵堂。

灵堂，自然设在三进的合村大堂屋里。上堂屋，是寿棺停放之地，一般停放在右侧，左侧则作为办法事的场地。

寿棺之前是灵位案台，由青松、长方桌和竹架框搭成，糊以白纸。中心一个大大的"奠"字，两边是挽联，桌上端正摆着逝者遗照和香火供品。

挽联横批，往往是"音容宛在""千古流芳""忠厚待人""淑德一生"等句；左右竖联，则有"一生俭朴留典范，终世勤劳传嘉风""悲声难挽流云住，哭音相随白鹤飞"之类。

灵位之前，则是跪拜祭奠之地，会铺上草席，虚位以待。为保持草席的干净整洁，没有客人时，草席往往会卷成圆筒。孝子们则披麻戴孝，躬身而立，静候随时前来的"看老"人。

按习俗，灵位一般设置3—5天，这期间，十里八乡的友村，孝家的亲朋好友，都会陆续前来"看老"。

而在寿棺"上山入土"之前的一天，做法事的和尚要进门，"看老"的人，也会这一天达到流量最高峰。

那会儿，友村"看老"的每一支队伍，都是步行山路前来，往往多达二三十人，有男有女，有老有少。人越多，越壮观，越显得对此次"看老"的重视，孝家和本村也就觉得越有面子，充满感激。

"看老"队伍，前面约10人举着上绣各路神仙的彩旗，迎风猎猎作响，接着是铜钹、响鼓、大锣，偶尔还有唢呐。是的，每个村里，都置办有这样一全套的公家"装备"，这是一个村对外交往礼节的必需品。再接着的人，是背着炮竹、纸钱之类祭品。

往往转过山脚，能望见山窝里的村子时，刹那间，锣鼓钹齐声响起，这便是"报信"，意思是我们来"看老"了。

这时，本村锣鼓钹也赶紧应声相和，以示欢迎。孝家、知客闻声出动，赶紧到村前等候迎接。

约莫三五分钟，眼看队伍就进了村，进了大堂屋前的大禾场，霎时，两边放起鞭炮，响声震天，锣鼓钹、唢呐更是用尽力气比拼谁更响亮。

负责祭拜的人多为中年男丁，大约10来人，脚步眼看就跨过了祖堂屋大门石，又走过下堂屋，穿过中堂屋，齐整、肃穆地站在了灵位前，那里，地上早已铺开了草席。

不知哪个长者细声喊了句"跪"，十来个中年汉子齐刷刷跪下，便行起三叩之礼，灵位前的孝子们也赶紧面对客人下跪，接哀回拜。

行礼祭奠完毕，两边人便混在了一起。"看老"队伍中的长者，上前紧紧握着孝家的手，说着"人死不能复生，节哀啊""某老（指逝者）真是个好人啊"，并一同追忆逝者生前种种德行操守，孝家则连连点头答谢。

这时，本村负责丧礼的人一齐出动，装烟的人端着满盘子的香烟，穿梭递送，为便于客人取拿，香烟都从盒子取出来，散放在盘子里；负责茶水的女人们，则将早已备好的茶水，和盘端出，供客人饮用；德高望重的本村知客，赶紧上前寒暄，说着回礼的敬语，并邀请客人到堂屋下边吃"流水席"。

这也是"看老"的重要礼节之一，人家大老远来了，得略备寒酒薄宴，不好让客人打饿肚回去。由于丧礼上的一道主菜是白豆腐，故又称之为"吃豆腐席"。

这样的流水席，昼夜不停，在和尚进门"坐夜"的那天，更是繁忙，几乎每十来分钟，就有一大波客人前来，跪拜祭奠，装烟递茶，吃"流水席"。

吃完酒席，"看老"的人便谨遵"客去主安"的训教，打道回府。孝家会出门送出村口，而且还得"回礼"——一般是男丁一人一包香烟，女客一人一条毛巾。

望着"看老"的队伍走远，这一波"看老"便告结束，孝家赶紧又回到灵堂，等候着下一波"看老"的人。

遇到凑巧时，会有两三支看老的队伍同时从村子的四方抵达，禾场里急促地燃起炮竹，锣鼓声较劲儿响在一块，人们密密麻麻挤在灵堂里，那种"热闹喧嚣"，令人终生难忘。

少年求学，我有时想，这样繁复的古礼，固然闹哄哄，但难免会耽误乡人的农时，还浪费了很多财物，似乎是个陋习有点过了。

长大后，见多了生离死别，才晓得，在我们的国度，敬生重死是人们发自内心的一种朴素信仰，所谓"事死如事生"，这也不能简单冠以"迷信""陋习"断之。当然，我们在办丧中，要注意节度，决不可奢侈浪费、攀比成风。

事实上，这样厚重的仪式感、繁复的礼仪，当然有其存在的道理。你看，仅在一个"看老"中，这些神圣古朴的礼仪，便展现得郑重其事、淋漓尽致。

"看老"，不仅寄托了人们对逝者的哀思，更蕴含着人们的尊古重祖、孝道传承，以及对生命的敬畏和尊重，同时又还见证着十里八乡的友亲相爱。

"看老"，告慰逝者，人生一世、草木一秋，你来了，又走了，

愿你出走半生 归来仍有故乡

但绝非毫无声息，死者为大。在世的人们，都还记挂你，不断提起你，赶在你尘归尘、土归土之前，都来祭奠你、送你一程。你的精神似乎还活着，与这世界有着生生不息的牵连。

这个道理，同时也是在和活着的人们诉说，慰藉着人世的不易。盖棺定论，人这一生，都免不了走到这一步，为人处世要知礼节，要多行好事、常积善德，百年后的灵位前，自也能得到更多的一份敬意。

所以，这样的"看老"，既是一种生命的教育，更是一种生活的教育！

没有爷爷奶奶的清明节

年年清明，今又清明。

千里之外，老家后山草木深处，孤独坟冢里的爷爷奶奶，无处话凄凉，一定又在固执翘首以盼吧？

就像二十年前，那时，儿孙们纷纷远离故土，或背囊谋生、或负笈求学，尚在人世的爷爷奶奶，每天在家的望眼欲穿一样。

你可还记得，爷爷奶奶的大名？生于何年何月何日？

有一些痛，有一些悔，有一些念，任凭时光冲刷，铭心刻骨，历久弥深。

爷爷生于农历己巳年（1929）十月二十五，因严重支气管炎肺部损坏，卒于 2004 年；奶奶生于辛未年（1931 年）腊月二十四，因严重肠梗阻，卒于 2008 年。

如今，墓碑上二老名字刻在岁月里，经年风吹雨打。只剩下，游子身在外，任那坟头草木疯长松柏森森。

因为思念，每次回到故乡，都执着要去二老墓前，打个招呼，絮叨这段离别日子的种种。

愿你出走半生　归来仍有故乡

如果二老还能回答，真想问，这么多年了，你们在那边过得好吗？

二

俗话说，祖孙辈，隔代亲。于我，则尤为如此。

80后同龄人，大抵有类似的经历。改革风起，父母南下广东打工，自己成为"留守儿童"，由爷爷奶奶拉扯长大。

相守的清苦岁月里，祖孙老小相伴、相依为命，累月经年，"隔代亲"更深几许。

那些朴实岁月里，孩提的我们，承欢膝下，总得到无微不至的疼爱。

村里有人家杀猪，挂账称了斤肉，他们只是吃点和菜，肉全留给我们。

兑水果的小贩来村，晓得我们欠嘴，他们总会爬到阁楼的粮仓里，豪气地称下半袋谷子。

外出走亲吃酒，回来总能从衣兜里掏出几粒糖果，或是一包冷食。

谨遵古礼的他们，端坐于八仙桌上，陪客说一声请，大家纷纷往嘴里夹菜，他们也才跟着夹一块菜，却放在了随身携带的手帕巾里。"家里还有孙子呢"，他们向同桌的客人解释。

读初中时是寄宿生，每逢周日返校要带菜，奶奶总会想方设法弄点腊肉或鸡蛋，炒在咸萝卜丁或豆腐干里，实实压满一罐头瓶，给我带走。

到了寒假，北风呼啸、飞雪漫天，爷爷奶奶带着我们烤火，一直到夜深。

读书不多的他们，不厌其烦给我们讲古，祖辈如何来此扎根，方圆十里茶余饭后，戏文里的《乌金记》《包公传》《二十四孝》等传奇故事，以及他们一生的各种坎坷艰辛、人世见闻。

有时，爷爷会从衣兜深处掏出一块钱，让我去小卖部称三两花生，大家围着火塘，小心翼翼剥花生吃。有时，会从地窖里捡出几个红薯，深埋在火塘灰烬里。

父母早来信了，说了大致归期。夜很深了，爷爷奶奶催促我们睡觉，总不忘提醒一句，还有多少天，你爸妈就回来啦——掰手指头数着呢！

二老去世后，我们家再没回故乡小村过年，一直寄居租处，直到在城里买房安家，直到故乡小村子渐渐消失。

没了爷爷奶奶，家再无人守，这个游子的岸，也便没了。

或者说，二老去世后，小村的家也就随同烟消云散了。

三

爷爷奶奶，是从民国乱世过来的人，注定了一生贫苦潦倒。

操劳一辈子，田里地里，风里雨里，没少挨穷、吃苦、受累。略可慰藉的是，儿孙成群，个个勤劳善良。

爷爷的父亲在他10岁那年，被日本兵抓走，从此再无音讯。

多年后，解放土改，烧荒时发现一具骨骸，旁边有一双未曾烂透的布鞋，曾祖母约莫辨出是自己的针线活，大哭一场，收拣埋葬。

有一年清明，去给曾祖父扫墓，爷爷说起这段故事，略带玩笑说，你们别跪太认真了，也不知埋的到底是谁呢。

因为子女多且年幼，个个嗷嗷待哺，而壮劳力却只爷爷一个，所以几乎年年都是超支户。

逢上饥荒年景，爷爷只好常年在外修堤、筑路、挑土，混一口吃的，也为家里省点口粮。倘若在家，往往在床上硬躺几天，无非也是想妻儿多吃一口。

奶奶从小患有严重的胆结石，每隔数月，便发炎疼痛一回，喊得呼天抢地撕心裂肺，过几天却自己好了——当然，也没钱去请郎中。

这一疼症，直到死时仍是如此——她一辈子，不敢想象有多疼，又如何在辗转反侧中挨过无数个剧痛的长夜。

记事起，每逢奶奶发病卧床，便吩咐我们烧热一块圆形泥砖，用破布厚裹，让奶奶捂在疼痛处，缓解症状。

奶奶说，嫁给爷爷那天，一顶嘎吱嘎吱的简陋花轿，抬了许久，拐过一个山头，听见有人喊快到了，奶奶悄悄掀起轿帘一角，望见一户人家贴着喜联，屋顶却盖着茅草，顿时鼻子一酸——这辈子是注定苦命了。

去世时，肠梗阻加上结石，疼得奶奶死去活来，杜冷丁打多了，已无法发挥止疼作用。但只要一清醒，伴随着哎哟哎哟的呻吟，奶奶用一点残力喊着，"快给我打止疼针啊""我的娘耶，恩快来接我走啊！"

有一回，疼得确信是没气了，黄泉上路的冥纸都烧了，送行的炮竹也放了，正准备安排给她擦身时，竟又回来一口气。如此反复折腾，又是一整夜，终才撒手人寰。

一痛一回肠一断，我算深深领教其间悲惨。迄今忆起，仍觉心如刀绞。

最令人伤恨的是，爷爷去世时，我刚上大学，奶奶去世时，也才毕业实习。

想孝顺时，身无分文，有心无力。如今景况改观，早已物是人非，孙欲养而亲不待。

爷爷奶奶，见证了古朴岁月里孙儿的成长，给予了无尽的温暖，却无法见证他的成功，享受我们哪怕一丁点的孝敬。

这恐怕，便是岁月更迭、生命轮回的最无情罢！

四

小时候，爷爷常带我清明扫墓。

如今，已是阴阳相隔，我们在外头，爷爷奶奶在里头。

他们谨守并传教的古礼，儿孙们早已忘却。唯有往昔点滴以及他们的音容，残梦泪痕里，竟恍如昨日。

有时想，能在爷爷奶奶身边长大，是我辈的一种莫大幸运。因为他们，可能是执着于古礼的最后一代人了。

一生勤耕苦作、与人为善，言传身教、耳濡目染之中，家风得到最好的传承。

"读得书多当大丘""四肢不勤，五谷不分""勤俭方能持家""吃得苦中苦，方为人上人""百善孝为先""病从口入、祸从口出"等等，这些他们曾一遍一遍念叨的俚语，至今仍是我们做人做事秉持的原则。

除了生理的基因，我确信，他们的精神仍存活在后辈身上。

岁月无声，这个家族不断开枝散叶，如今也建了个成员半百的微信群。每逢二老的生辰或忌日，总有人在群里提个醒，欷歔数言怀念的话，或是发个祝福红包。

这样，他们又的确活在后人的记忆中。

五

又是一年清明时，春风落日寄哀思。

想起当年负笈求学，每出远门，二老总是千叮咛万嘱咐，送了一程又一程，不忍离别，他们似知晓大去之期已不远矣。

有时，并不忌讳地念叨：见一面就少一面咯，不晓得还能不能再见。

那种难舍难分、依依惜别的情景，每每忆起，总不免潸然泪下。

偶尔，在都市的夜阑深梦里，爷爷奶奶似来托梦，音容不改，温暖如故。

那时，每逢清明，爷爷带我上山扫墓。因与祖辈并不相识，自然谈不上感情，也没什么哀愁。反倒因为这种肃穆庄严的满满仪式感，觉得好玩、新奇、兴奋。

如今，没有了爷爷奶奶的清明，再也没有幼年那样的心情，只剩下无边无际的思念。

没有爷爷奶奶的清明，更少了那些厚重的家族记忆以及繁复的古礼，但在我心中，却才有了真正的清明。

此情可待成追忆，只是当时已惘然。

故去的爷爷奶奶，如今只是换了种方式过清明罢！不变的，是我们依然在一起。

第三卷

天涯思归

愿你出走半生，归来仍有故乡

—

今年春节，我的故乡小村彭家岭，发生了件罕见的盛事——全村聚餐，整整十来桌，一百几十人。

记忆里，全村人能这般热闹聚一起，估摸得回到 20 年前。

这之后，城镇化浪潮席卷，求学、打工、谋生，全村人散落天涯。别说全村聚会，很多叔伯兄弟，十年未得一见，已属平常。

现如今，唯一能将村人稍稍拢聚的，只剩红白喜事——村人同属一宗，依例每家得出一人。

但这次，竟然聚齐 100 多人，让人惊喜之外，颇感诧异。当然，这得感谢腾讯，自从建了"彭岭一家人"微信群后，你拉我、我拉你，数百人很快济济一堂。这个群，大多数人幼时曾一同在泥巴水的滚大，房前屋后、左邻右舍、山上坡下、对门隔塘，生活在一个村子。

成年后，各自出走故乡半生，乡音无改，容貌却再难相认，路上擦肩而过，已是陌人。

大概人都有怀旧情结，群里，每天除了大量段子、小视频和各种链接外，更多的是熟悉的浓浓乡音（语音聊天），泛黄的老旧照片。

间或有人回村，像约定好了般，拍几张照片、录几段视频，发到群里，惹人心痒。

倘若谁家做了顿香焖腊猪蹄、笋干炒腊肉的家乡土菜，或是显摆了一把刚采摘的野生树莓、山栗子，更让人隔着屏幕，舔舐故乡，垂涎欲滴。

群里人其实也有不少并不相识，或只听闻过名字，从未见上一面。但只要一说到"正爹""民爹""次爹""六娭毑"之类，亲切感便油然而生，这是斩不断的血脉渊源。

隔三岔五，群里还会有"忆苦思甜"大会，大伙可劲回忆过去点滴，先祖如何不易，物质如何匮乏，童年如何有趣，苦中如何作乐。

末了，少不得有人伤感打哭腔，随之而来，总会有一小波红包雨安慰。

从熟悉到陌生再到熟悉，从地理世界上的一家人到地理世界的异乡人再到网络世界的一家人，短短 20 年，这个大家敬奉为故乡的小村，见证了一切，亦承受了一切。

二

但这次聚会，美中稍嫌不足。

一是相当一部分村人未能参加，有人千里迢迢山高水远，有人困身异乡诸事繁忙，有人走亲串友喜酒不停。二是聚会地点未能在彭家岭村，而是设在 20 里开外的小镇酒馆里。

缘何？

因为这个小村，已近乎消失了。过去这些年，在城镇化和农民居住改善的浪潮中，几乎每天都有生存环境相对较恶劣的自然村消失，彭家岭亦忝列其中。

现在，这个高山之上偏僻的自然村落，再无人愿意居住，唯有森森草木和厚实竹林，以及风雨无情冲刷、岁月无情摧残而不断倒塌的残屋旧房。

在南方的都市里，有个周末，我闲来无事，翻开百度、高德地图，试图找到一点慰藉，但放大到极限，也没能寻到这个村子的名字。

我恍然，的确，这个村子在地理意义上消失了。唯有那些历史，依然在后人记忆里顽强存活。

彭家岭，四面高山环绕、中心清泉甜澈、山田肥沃，便坐落了这个江南山区小村。

顾名思义，村子住户原本姓彭。据祖辈口口相传，大概"湖广填川"时，先祖自江西迁居于此，从此繁衍生息。

这位祖先，原是个长工，为人敦厚朴实，经年勤耕苦作，终才攒下这份家业。

100 年来，无论清末、民国、日本侵占期、内战，还是解放后数十年，族谱页页后翻加厚，村人扎根于此，生生不息。

生命的张力，在这个小小的村庄，发挥到近乎极致。至我幼时，小村已有 200 人规模。但现在，小村竟消失了。毕竟，小村

愿你出走半生　归来仍有故乡

地处高山，交通极不方便，而种田种地、养猪养鸡这些传统产业，在改革开放经济大潮下，愈显窘迫贫瘠，再难养活接续开枝散叶的后辈。

在时代和历史的大潮下，小村自难独善其身。

山外的世界，日新月异，充满诱惑。时势驱迫，村人只好一代代奋力走出去，去当兵、读书、打工、做手艺，不断走向城市，走向远方，走向天涯！

现在，一群离乡别井经年未归的游子，好不容易聚到一块，却蓦然发现，故乡小村再也回不去了。

在镇上，在酒馆，人还是那些人，事还是那点事，却总觉心头空落落的。就好像，旧时宴请，坐八仙桌，东南西北主位次位一目了然，现在清一色酒店专供十人圆桌，总缺了那么点味道。

大家这才明白：到不了的是远方，回不去的是故乡。

二

回不去的，更是那些传统习俗、古朴情结、淳厚心境。聚会结束，酒足饭饱后，有人乘兴提议，一块回彭家岭看一看，即便只剩下草木森森，只剩下断壁残垣，但哪怕看一眼，也好哇。

更有人出点子，带一担干柴上去，燃一大堆篝火，大伙儿围拢，一如几十年前村里人除夕守岁一样，取暖儿，拉家常，多惬意啊。

但意外的是，只有寥寥十余人响应。来回几十里山路，荒草早已没径，村子里连一个坐的地方都找不到，还回去干啥？

于是，三五一群，一转眼扎进棋牌室、歌舞厅、烧烤摊，麻将、字牌、斗地主、买码、KTV、撸串喝酒，大伙有的是乐趣。

但 20 年前，故乡原本不是这个样子的。那时的彭家岭，有三个大祖堂屋，各户平房以之为核心，呈放射状层层外延，错落有致。村子里的日子，紧贴农时，一年四季张弛有度。日出而作，日落而息，每一天都热气腾腾。

清晨，公鸡打鸣叫早；白天，母鸡咯咯下蛋；傍晚，黄牛鸣鸣归栏；深夜，几处犬吠相互应和。全程相伴的，是隔屋隐约的人语，小孩子的嬉闹，以及山间地头干活的吆喝声。

周边的山、田、地、塘，都被农人们整得干净利索、不留死角，草垛、柴堆码放得整整齐齐。

至于哪一棵树、哪一根竹、哪一垄田、哪一角地是谁家的，全分得泾渭分明、不差毫厘。土地是命根子，业是祖上传下，谁也不敢打马虎眼掉以轻心。倘若逢上过年，炮竹声此起彼伏，锣鼓声阵阵回荡在山间，人们聚在一起，讲古谈今，更是生机勃勃、热闹非凡。

那时，过年有浓浓的仪式感，古风淳朴。

大年三十早上，当年村里结婚的人要给各家各户端送糖茶。中午，各房人聚在一块吃团年饭。晚上，男人们一起围着篝火讲古守岁，女人们则成群结队，去给当年新生的小孩送压岁钱。

初一大早，吃过早饭，晚辈都要去给长辈拜年。拜完年后，全村人聚在一起，敲锣打鼓举彩旗，先去祖坟拜年，然后就去本村和邻村拜新香——过去一年逝去的人，其家属会在第一个新年设灵堂于祖堂屋，供人祭拜缅怀。

而一整个正月，还会玩狮舞龙，与邻村相互庆贺。比如舞龙，女人们扎好龙，男人中精壮者充当把手，稍长者负责敲锣打鼓各种事务，小孩们举彩旗、提灯笼，最为德高望重的"礼生"，则负责"发彩"——一种近乎打油诗的贺词。

这样的场面，一直要闹到元宵节。之后，又是周而复始的一年农忙。

但现在，这些厚重的仪式感，以及敬生重死的礼度，全部埋进了岁月。

取而代之的，是群发的祝福短信，和几毛钱几分钱的红包。

四

乡音无改，鬓毛早衰；再度返乡，身已是客。

那个叫作故乡的地方，和你一样，也在砥砺岁月，悄然变迁。

少小离家，半生出走，故乡已难再见。即便你衣锦加身，却再也寻不到还乡的去处了。

一位诗人说，"当他垂垂老时，他可以回乡了，山河仍在，春天依旧，只是父母的坟，在太深的草里，老年僵硬的膝盖，无法跪拜"，故乡隔着岁月。

余光中说："乡愁是一方矮矮的坟墓，我在外头，母亲在里头"，故乡隔着生死。

余秋雨说："所谓故乡，不过是祖先漂泊的最后一站"，故乡隔着山水。

或许，当村里老人渐次变成一座座山坟，当年轻一代再也记不清自家地界，当犁田耙田握镘头等活计再没人继承，当农时习俗歌谣、打纸钱手艺、婚丧嫁娶俗规再没人晓得，当这一代的小孩自称城里人时，我们的故乡，便已经死亡了。

或许，故乡原本只存活于记忆中，只寄居在夜深人静的残梦里。回不去的，才是故乡。但有一点可以肯定，无论怎样沧海桑田，故乡，一直都是我们心中最温暖的字眼，是我们漂泊生涯里永难忘怀的眷恋。

愿你出走半生，归来仍有故乡！

春节为什么要回家过年

—

又是一年春来到，倦鸟归巢，异客归乡。远方漂泊的人们，又该回家过年了。

父亲来电，东拉西扯一番，最后感慨说："啥都准备好啦，就等你们回家过年了！"闻言，不禁心中一酸。

时光最是无情，家中双亲早已双鬓斑白、容颜衰老。人生不易，为着生计，儿辈只能奔波在外，最难得是承欢。

春节为什么一定要回家过年？

想象此刻双亲翘首以盼的样子，这不正是最温暖最不可抗拒的答案嘛！

二

父母在，年味就还在。

每个人心中的年味，大抵在儿时便已根深蒂固。小时，孩子们最为盼望的日子就是过年。父母循着过年的俗律，把过年的滋味，满铺在一道道节日仪式里，刻进我们的记忆。

那会过年，物质远不如今天丰富，但年味儿，却是今不如昔。

寒冬腊月，年味就在一点一点、狠着劲儿酝酿、积蓄。

过了腊八就是年，年味一天比一天浓。孩子们都放了假，闹哄哄、热腾腾。家家户户忙着杀年猪、炕腊肉、打糍粑、烫粉皮、磨豆腐、裁新衣……，紧锣密鼓，好不热闹。

父母会带着我们逛集市，采买年货，添置新衣，每个人脸上都洋溢着兴奋和喜悦。

渐渐有炮竹声响起，到了大年三十，噼噼啪啪声此起彼伏，不曾歇火。父母一大早就起床，忙碌着准备大年饭，也不担心浪费，必定整上满满一大桌，中间压轴的一定是寓意团圆、红火的"炭式老火锅"。

老家习俗，大年饭是中午吃。彼时，爷爷奶奶尚在，一大家子，围着一桌，其乐融融。

爷爷会主持"请祖"仪式，多摆一些碗筷，念念有词，招呼着列祖列宗回家过年，祈求庇佑子孙安康。

到了除夕夜，一家人围着树蔸火取暖守岁，讲古谈今，追忆祖辈扎根、创家的不易，以及过去一年的种种，很有点年会的感觉。母亲照例封压岁钱——那是我们一年里最富的时候了。

第二天，大年初一。一大早，父亲带着我们给村中长辈拜年，打躬作揖，说吉祥话。早饭后，母亲早准备好了祭品和炮竹，一大家人上山祭祖坟拜新年。而接下来整个正月，一大家子走亲串友，登门祝福，吃喝玩乐。乡间田塍路上，随处都能碰到走亲的人们，长长一串，笑语相闻，很是热闹。

愿你出走半生　归来仍有故乡

这一景象，要等到正月十五后，才告结束。历经年味从序幕到高潮到尾声的人们，依依不舍，转身便投入到忙碌的春耕里。

这些年，这样浓郁的年味，只有回到家里，只有回到父母身边，才能略得重温。

也曾因琐事困身，有几个春节是在南方度过的，那些日子，我总感觉少了点什么。后来明白，没有父母的热闹张罗，本就见淡的年味，更是索然了。

正所谓，父母在，家就在，年味就在。

三

父母在，港湾就还在。

外面的世界很大，大得就像一片海。他乡的游子，则像一叶大海里漂泊的船，不时砥砺着岁月的风浪。只有故土那个家，因了父母的守候，才是风平浪静的港湾。回家过年，归投父母怀抱，就是靠岸。在外，别人只会关心你飞得高不高，回家，父母才关心你累不累。

有钱没钱，回家过年。因为最美的风景，也比不过归家的路。

这一年，不管你在外面是春风得意，还是坎坷疲惫，回到家里，父母都会特别欣慰："回来了就好，回来了就好！"

这一年，不管你在外面是风餐露宿的外卖小哥、滴滴司机、清洁工人，还是日复一日的流水线工人、建筑工、保安，回到家里，你只是儿子或女儿。

短暂几天，恍若重返幼时。你无须早起，睡到自然醒，而这时，父母早已为你准备了乡味早餐。见你狼吞虎咽，父母顷刻笑出一朵花来。

在外面，你伪装坚强；在家里，你肆意休养。当你也蹲在厨房帮父母打下手，当一家人聚在热气腾腾的年饭桌上，当吃上那一口香喷喷的家常菜，当看见父母灿烂欣慰的笑容，那一刹那，你会觉得人间值得，风霜雨雪的一年值得。

而栖息数日后，又要从港湾启程。除了父母加塞的大包小包土产，更有那满血复活、重新出发的力量！

四

父母在，来处就还在。

父母在，人生尚有来处；父母去，人生只剩归途。

世事无常，父母终将归去。趁岁月还好，常回家看看！千万别等到"子欲养而亲不待"的那天，唯有归途的凄凉和悔恨。

我一位老友，每年过年，都会毫不犹豫带着妻儿，踏上回乡的旅途。在故乡，他不厌其烦跟儿子讲这讲那，都是祖辈们陈芝麻烂谷子的事儿。

而那几天，也是祖孙们难得亲近的日子。刚回家，还有点陌生；离家时，已难舍难分了。

他跟我说：那是我人生的来处，趁着父母还在，带小孩回家，让他记住这个根。若不是如此，父母百年之后，我们也垂垂老去，又有谁，还会记得这些呢！

某种意义上，回家过年，就是寻根。故乡是我们的根，祖辈是我们的根，父母是我们的根。岁月无情催人老，这个根，正在枯萎。每次回到家中，总惊诧于父母老去的速度——头发又白了许多，皱纹又深了几层，走路都有点摇晃了，和他们说话要更费力更大声了。

我们总也无法追赶上父母老去的速度。曾经无所不能的父亲，曾经无所不会的母亲，仿佛一夜间，变老了。

别无他法，我们唯有尽可能多陪伴。这才是最好的寻根，正如回家过年是最好的尽孝。

在春节的陪伴里，体悟家族的历史、亲情的温暖、孝道的真谛，杯盏之间，一缕朴实的情愫，在我们心中流淌传承。

一个残酷的事实，留给我们陪伴父母的时间，并不多。假如父母还能健康再活 30 年，你每年能和父母在一起 20 天，除去睡觉、应酬等，一天真正陪伴父母只有 4 小时。算下来，这一生，你能陪伴父母的时间，不到 100 天。

人生难得是欢聚，唯有别离多。凡事可等，唯有尽孝不能等，因为来日并不方长。

五

父母在，回家的信仰就还在。

过年了。人世间最难得的幸福，不就是还有父母在家等你过年吗？

我一位同事，前些年父母双双归去。这几年，每逢问起去哪过年，他都一脸茫然落寞，摇头叹气：“真羡慕你们啊，能回家陪伴父母过年，我又只能待在城里了。"

是啊，父母在，回家过年的信仰就还在，方向就不会改变。

每年腊月，都有数十万"铁骑"，不惧寒风霜雪，昼夜兼程。

前几天，吴京搬个小板凳，坐在火车厢连接处，他说："只要能回家，坐哪都成。"

费玉清在告别演唱会公布亲笔信：这么多年，为了达到更高的境界，我一直快步向前，却忽略了沿途的风景。当父母亲都去世后，我顿失了人生的归属，没有了他们的关注与分享，绚丽的舞台让我感到更孤独。

这都是红尘万丈、世事浮沉后的人情练达和心烛闪光。这辈子，为谁辛苦为谁忙？辛苦忙碌了一整年，不就是为了回家过个年吗？那里，有父母热切的眼神、做好的饭菜和温暖的笑容。

春节为什么要回家过年，因为还有父母（家人）在等你。

路途再远，风雪再大，票再难买，车龙再长，依旧挡不住回家过年的步伐。

每一次回到故乡，都是一次深度休养

━━━━

原乡人的血，只有回到原乡，才能更加沸腾！

有年春节，我留在南方的大都市，宽敞明净的城市主干道，许久难见一辆车，穿行其间，颇有种羽泉"速度70迈"的自由奔放感。平日里，那塞得水泄不通、举步维艰的车流，去哪儿了？回乡下过年了。

再前一年，我也是在故乡过年。小镇唯一的出行道上，车龙排了几公里。有几辆车为了让路错车，都摆渡到田间、地里、山坡上去了。堵得太久，不少人带着小孩，在路边采风玩耍，泥巴沾了一身，兀自不亦乐乎。就连我老家山村，初一祭祖那天，早就废弃的晒谷坪上，也是错落着停满了车。

沉寂了一年的故乡村镇，终于，在游子们一年一度的宠幸下，迎来了最高光时刻。车水马龙，熙熙攘攘，故乡确乎沸腾了。而那些游子们的脸上，兴奋雀跃之情，更是溢于言表。就像吃了兴奋剂，他们的血也在不断加速、沸腾，冲刷着一年来所有的思念和委屈，熨平着一年来所有的艰辛与坎坷！

城里过年，再好再舒适，也掩不住异乡人的落寞；回乡过年，即便票难抢、车堵、人堵，但那种沸腾的感觉，仿佛武侠小说中的真气暖流，缓缓淌过五脏六腑、奇经八脉，修复所有的伤口，让人说不出的舒坦。

每一次回到故乡，都是一次深度休养！

二

回到故乡，最先润养的，是双眼。

走过万水千山，看遍璀璨繁华，才深深觉得，最美的风景在故乡。一草一木、一砖一瓦、一山一水，都是那样亲切、熟悉、舒坦。

甚至，你能在某一棵翠竹上，找到当年刻下的字迹；在某一面砖墙上，寻觅出自己当年的涂鸦。碧水青山，小桥流水，炊烟人家，你行走在山里、田埂上、地塍边、禾场中，一方小水塘、一口小泉井、一片小山坡，都是世间最美的风景。每一次回到故乡，就像一次时空穿越。你回到故乡，重返童年！

尽管这些年城镇化浪潮席卷，几乎每一个故乡都在陷落，山野间田地荒芜，村子里草木森森，旧屋坍塌成了废墟片片，过往的村落印记大多被原始的岁月逐渐覆盖，但那些记忆还在，那份温情尚存。

在城里，总是忙忙碌碌。只有此时，你才会放缓脚步，静静眺望那远方的青山秀水，仰望那蓝天白云或繁星斑斓，俯瞰路边的一株狗尾巴草或一朵野花，或者蹲在地上许久，只为看看搬家的蚁队。

看在眼里，爱在心里，故乡的景最美！

三

接着，是你的肺和胃。

回到故乡，你总忍不住大口大口吸气。故乡小村空气中的养分，你贪婪地吃进肺里。为什么回乡那么兴奋，恐怕少不得饱和负氧离子的推波助澜吧！

倘若运气好，遇上农家正在烧荒草、积田肥、放黄牛，空气中弥漫的一股乡下特有的"田野芬芳"，竟让你也觉得心旷神怡。而最受用的，数那久已厌倦了城里地沟油、自来水、碳酸饮料的胃了。

喝一瓢山泉水，吃一碗农家柴火饭，筷子如一流剑客手中的剑，在农家自种的青菜、自家磨的豆腐、自家腌的腊肉、自己放养的土鸡间来回穿梭，大快朵颐，饕餮得满头大汗，方才觉得过瘾。

到了年夜饭，爸妈忙碌了半天，整了一桌热气腾腾的家常饭菜，嗯，就是这个味，让你魂牵梦绕念念不忘的美食。你肆无忌惮的碗筷纷飞，爸妈的笑容里开出一朵花。

唯有此时，品尝舌尖上的故乡，你才更加觉得，人间值得。

吃在嘴里，甜在心里，故乡的味最醇！

四

再接着，是你的耳和心。

回乡之旅，也是沐耳洗心之旅。静卧山村小居，时有虫鸣鸟叫，正宗的天籁之音。不禁让你怀念，那时没有手表也没有闹钟，每天都在鸡鸣报晓中起床。而一声声久违的乡音，听上去更是格外悦耳。

只要时间允许，少不得，你还要重温一下自己"光辉的历史"。邀上三五同学，或儿时的玩伴，去你曾寒窗苦读的小学、初中、高中，各种摆拍，那里有你走过的路、流过的汗、吃过的苦，或假装无意，询问第一次暗恋女生的近况，缅怀一下逝去的青春。

与曾经的启蒙恩师、长辈见上一面，递一根香烟，喝一壶茶，小酌两杯，说上几句闲话。追忆过去种种，你午睡时捣蛋被罚站，你上课偷看武侠小说被缴书，你偷吃邻村地里的黄瓜被一路追赶，种种趣事，都酿成了今天的笑料。

亲友师长也都会询问你的近况，他们并不苛刻你的成功，一听说你在大城市，无不竖起大拇指，一个劲夸出息了。你一脸的无辜，却又拒绝不得，唯有诺诺应下来，再三感谢师长的栽培，革命尚未成功，还要继续努力。

更深的夜里，机会难得，父母也会和你促膝长谈。他们更不会苛求你的成功，在他们眼中，你健康快乐成长，早已是成功。他们会再三唠叨你，出门在外要低调谨慎、与人为善，开车要慢一点，做事要稳一点等等。

到了正月祭祖，那些曾经无私养育你的爷爷奶奶，那些融入你血脉中的祖辈基因，如今都在山中的一座座坟茔中。

站在那里，过去的人和事全部浮现在脑海，你仿佛站在时空的交错点，过去和现在，历史和未来，都融为一体。

是的，就在这些款款的追忆、亲切的闲谈、深深的叮嘱和浓浓的思念中，你会下意识觉得，这里才是自己的根。

哪怕有一天你一无所有，这里的山水人，仍然会毫不犹豫地接纳归来的你。重温出发时那份初心，原来你当时所求并不多。经年在外打拼，至少，还有一个故乡永远等你。你的心，就像倦鸟归巢、鱼儿得水，从容安宁。

听在耳里，暖在心里，故乡的情最真。

五

最后，又到了离别的日子。

短暂数天的休养，除了车尾箱、行囊里塞满了厚重的家乡土特产，心间更是载满了亲友师长的祝福。心里很不舍，却又觉得所有伤口均已痊愈，"任督"二脉似乎都被打通，内劲充盈，打满"鸡血"，觉得非再次出发不可。

回到故乡，因为思念故乡；离开故乡，因为不想辜负故乡。

故乡安放我们的灵魂，远方安放我们的梦想。故乡，给了我们奔赴远方的渴望和力量；远方，给了我们思念故乡的离愁和衷肠。

"世上本没有故乡的，只是因为有了他乡；世上本没有思念的，只是因为有了离别！"

故乡、故土、故人、故事。在这里，我们望得见青山，看得见秀水，听得到乡音，会得着故友。一年一度，短暂数日之后，我们还得再次从这里坚定出发，学会长大，转眼也便要老去！

　　心想，即便我们的下一代，早已认他乡作故乡，但终有一天，我们还是要回到自己的故乡！

　　因为，只有在故乡，身体和灵魂，才能得到最深度的休养！

享受父母的爱，也是爱父母

——

在父母眼里，你永远只是个孩子。

双节长假，奋身挤入拥挤人潮，赶回了老家。

下了高铁才知道，老爸已在车站等了两小时了，见到我的第一句话："人这么多，路上很辛苦吧！"

回到家，才知道老妈已将饭菜热两遍了，都是我小时最爱的家常菜。我端起碗，狼吞虎咽了三碗饭菜，老妈脸上仿佛开出了一朵花。

临睡前，习惯性拿出随身的洗漱包，却看见崭新的牙刷、毛巾、沐浴露已整齐摆好。老妈见我带了毛巾，一个劲抱怨："回自己家，还带什么毛巾？"我只好说，在车上用的。

不用自己做饭，衣服也被抢着洗了。次日，睡到8点自然醒，赖一会儿床刷朋友圈。这时，听到老妈敲门叫吃早饭，恍惚中，好像回到了10岁那年。

返程了，爸妈又非要一起送我。一个双肩包被家乡的味道，塞得满满当当，手里还多了几件行李。有老爸亲手酿造的小灶酒，有老妈亲手晒制的干豆角、干野笋，有提前从乡下搜集来的土鸡蛋、野生河鱼干、自榨菜籽油等。临出门，老妈又塞进一大袋洗净擦干的红苹果，叮嘱我路上记得吃。沉甸甸的，满是牵挂和爱！

列车缓缓启动，拾掇好行李，擦了把汗，不经意望了一眼窗外，只见爸妈还站在铁路护栏边，足足半小时。我赶紧掏出电话，叮嘱他们早些回家。

他们似乎忘记了，儿子已年届 35，经济、生活早已独立。

但我并未拒绝父母的爱意。因为我发现，当乐于接受时，父母就特别开心满足；当我拒绝甚至厌烦时，父母的失落感就会一闪而过。

是啊，儿子再大，也只是他们的孩子。孩子还很需要他们，他们也还能为孩子多做点事呢！

父母如果帮不到你了，他们会很伤心的。

中秋前夕，71 岁的山西老两口，用石磨碾好辣椒酱，整齐备好 6 份，盘算着孩子们走时都能带上一份。谁知，下午一连几个电话，得知孩子们回不来了，老人哭了："哪怕回来一个呢！"

并非为孤单而难过，而是孩子们不需要自己的照顾了，孩子们曾经多么爱吃辣椒酱啊！

知乎上一名网友回忆，上大学那年，年近七旬且一辈子没离开过县城的老父亲执意相送。到学校安排妥当后，老父亲忽然抹眼泪了，说儿子长大了，什么忙都帮不上了。原来，从买票坐车、乘地铁、报到交学费、置办日用品等，老父亲感觉完全插不上手！

我的一个朋友，生意顺风顺水，收入不菲。但她跟我说，买房买车，父母都出了一半的钱。

我诧异，应该你给父母买房买车才对啊？

她笑了笑，有什么办法呢？买房时，父亲跟我说家里积蓄还有 30 万，早给你备好了，赶紧拿去；买车时，母亲又说自己存了 10 万，非让我一次性付清。父母说这话时，一脸的自豪和兴奋，因为看着我成家立业，他们能助一份心力，满满的成就感。你说，我能拒绝吗？这或许是他们作为家庭支柱的最后尊严，对女儿爱的最后存在感了。物质上的孝顺，我以后有的是机会！

听罢，我由衷欣赏她这种为人子女的智慧。

父母只是我们的一部分，我们却是父母的全部。我们可能依赖物质、事业、理想、爱情而生活，但大多数父母，子女是支撑他们的唯一理由。

父母早已习惯了 100% 的付出，早已习惯了你的依赖和崇拜。忽然哪一天，你翅膀硬了、高飞远走了，父母再也帮不到你了，他们除了欣慰，更多的是失落、无力和迷茫！

二

不要因认知误差，残忍拒绝父母的爱。

为什么有人会拒绝父母的爱呢？

有人可能觉得烦，因为父母总念叨按时吃饭、衣服穿厚点、开车慢点，一起吃餐饭数十次提醒"多吃点鸡肉，这是土鸡"之类，每次电话结束语千篇一律，赶紧找对象、结婚、生小孩。

但要知道，当你哪天再也听不到这些啰唆话语时，会怀念到泣不成声的。父母在，人生尚有来路；父母去，人生仅剩归途。

有人可能觉得父母干涉了自己，影响了独立决断。比如，父母希望你不远嫁，希望你考公务员，希望你接受他们心目中的理想对象。但你想过没有，父母只是用经验为你参谋，你的毫无理由的抗拒排斥，得有多伤他们啊。

有人可能觉得好的东西留给父母，自己不吃就是孝顺。但要知道，看到你吃了，父母才会开心。

《中国青年报》有一篇文章说，作者返城时，父母把车尾箱塞满了，各种土鸡蛋、野生鲫鱼、鸡毛菜等。连地里的甘蔗，也砍了两捆。

作者抱怨母亲："弄这么多，路上不方便，吃不完又浪费。这甘蔗，10元钱能买一大堆呢"。

母亲讪讪说："这些东西自家种的，新鲜，多带点，省点钱。"

作者还是不依不饶。这时，她老公走过来："妈，这些东西我全要，自己种的，没污染又好吃，我很喜欢，谢谢妈"。母亲才欣慰地笑了。

回城路上，作者还疑惑不解。她老公解释："其实你不懂父母的心。虽然我们已经成家立业了，但在父母的眼里却依然只是孩子，他们总是想方设法为儿女做点事情。如果你断然拒绝，他们反倒会很失落，觉得自己没有用了。父母送给我们的东西，我们要学会接受，因为那是他们对子女的一片爱心。"

多么朴素的道理！要知道，有些爱，是不能拒绝也无法拒绝的啊！

四

学会享受父母的爱，让他们觉得还能帮到你。

孝顺父母有一千种方式。

比如，经常回家看望父母，陪他们好好吃一顿饭；给他们买一直想要却没舍得花钱的物件；带上父母，来一场说走就走的旅行。

而学会接受、乐于享受父母的爱，这才是心理层面妙不可言的最佳孝顺方式。

心怀感恩地适当啃老、啃完又以巧妙方式反哺，这也是孝顺的正确姿势！他们会骄傲地觉得，孩子终究是离不开自己。

即便你功成名就、职场上叱咤风云，即便你生意兴隆、经济上财务自由，即便你独当一面、人格上独立自主，但在父母身边，又何妨做一个弱女子或笨小孩。

父母每次打电话叮嘱你开车注意安全，不要嫌弃唠叨，应承说："好的，这两天下雨，打算坐地铁"。

寒潮来了，父母叮嘱你加衣，可以说："还真不知道呢，多谢爸妈提醒！"

父母做了丰盛的饭菜，别总嚷着减肥，多吃一餐又何妨？

父母拉你去相亲，别总逆反抗拒，就当去应酬一顿工作餐嘛！

父母寄你很多特产，虽然不像小时那般欣喜了，但吃的时候，不妨拍一张照片给他们！

不要总是报喜不报忧，工作、生活、学习、感情中遇到了烦恼，适度地告诉父母，他们会特别乐意给你建议。

……

真正的孝顺，不仅要心怀感恩地为父母付出，更需要心怀坦然地接受父母的爱！

在父母怀抱中，你要学会做一个永远的笨小孩！

疫情中的故乡与他乡

——

　　一场疫情，打乱所有人的计划。在候鸟归巢的春节前夕，城里的"某总"们，纷纷加入一年一度的人类最大规模迁徙大军，开启"返乡—回城"模式。

　　然而，这次久久未能等到"返城"高峰。

　　1月23日，除夕前，武汉封城。紧接着，全国各地纷纷封城封村封路。春运，只进行到一小半，便戛然而止。"某总"们，被迫滞留在了故乡，假期被一再延迟。以前的7天游、10天游，变成了1个月、2个月……

　　"这是我十几年来最长的一个春节假期，也是和家人相处最长的一段时光！"我的一位大学同学，微信如是说。

　　他是湖北人，在深圳经营着不小的事业，现在一家人却仍待在故乡。按照要求，未经允许，他不得擅自回城。

　　是的，疫情之下，我们都有了这样一段漫长、无奈、艰难却又难得的相聚时光。和遥远的故乡，和留守的父母妻儿，久别的生疏，在这段最长的朝夕相处中，重新温暖而熟悉。

同时，我们也在焦虑、也在惶惑，在物理上近乎隔绝的日子里，在手机信息的洪流里，我们开始沉淀自己。

开始，在与故乡的厮守中，在体味童年的记忆里，叩问自己的归属，反思人生的追求。

疫情，打乱的不仅是计划，还揭开了很多表象，让我们心如明镜，看见了很多扎心的人生真相。

≡

第一个真相，我们真的很久没陪伴了。

以前，春节回家，7 天或者 10 天，来去匆匆，期间还要不断聚会、吃酒、打牌、走亲串户，真正陪伴家人的时光，寥寥无几。

这次不同，假期拉长，空间压窄，一家人聚在一个屋里，朝夕陪伴，隔几天才派一人出去买点急需用品。

屋外，世界一片寂寥悲凉，似乎空气中都弥漫着危险。屋内，炉火正旺，饭菜正香。一家人其乐融融，相拥相守，患难与共，紧张中体味着共同抵御灾难的温暖。

可见，疫情虽然可怕，但对于常年留守故乡的年迈父母，以及留守的稚嫩子女，却是一段最温暖最幸福的时光。

你可以看到，父母脸上洋溢着笑容，在屋子里忙里忙外，热气腾腾。你尽可以每天衣来伸手饭来张口。

"疫情可怕，可是父母却开心得很。"

你可以看到，不需要上学的小孩，和你天天睡在一床，梦里脸上的笑容都能开出一朵花。

一位小学同学，已是 8 岁女儿的妈妈。

有天，她女儿对她说："妈妈，我希望一直都有病毒。"

"为什么啊？"

"因为这样你就不用外出打工了，天天和我在一起。"

同学告诉我，那一刻，她眼泪不争气地流了出来。

童言无忌，祸福相倚。

对年迈的留守父母、对年幼的留守子女，我们难得回乡的陪伴，足以抵消他们对病毒的恐惧和厌憎。

因为生计所迫，我们远离故土，远走他乡，就像一只候鸟，一年一归巢。狠心地抛下父母、留下儿女，让他们在故乡，留守、盼望。而新冠，将这种人生无奈，狠狠戳穿。

回首这些年，我们每年花了多少时间，去陪伴父母、小孩？如果不是这次疫情，我们都不知道，这笔欠账，什么时候能还上！

三

第二个真相，故乡才是永远的大后方。

平日里，他乡和故乡，城里和村里，可以自由来往。我们总想着，要去城市打拼。在那里，我们交房租、交车贷、交水电煤气费、交社保。我们以为，这些，才证明着我们成了一个城里人。

而这次，疫情将一切打回原形。你的户籍、你的身份证号，都烙着故乡的印记。

也有一些在故乡待不住的人们，牵挂着房租铺租，穿越关山重阻，豁出命去赶回城里。

也许，可能会在高速上被劝返，可能到了却无法进入租住的城中村，可能发现打工的厂子关门了工作丢了，可能小本经营的生意一落千丈了……

种种压力，让你想到，在故乡，有块地、有座房子，日出而作、日落而息，吃是原生态，睡是自然醒，真好啊！

以前，总想不明白，为什么人们赚了点钱，非要在故乡那僻壤之地，新盖一所房子，然而又不住。

那些新房子，成年成年地闲置在那里，发霉、长草，孤独地抵挡着山里的风风雨雨。

但长一辈经历过战乱的老人却絮叨的告诫我们，这里才是根啊，说不定哪天城里呆不住，你们还得退回到这里呢！

他们，痛惜着后人们不再种田、不再上山，一窝蜂涌向远方的都市。

那时，对这些长辈们的顾虑，颇不以为然，怎么可能呢！我们嘴边总挂着这句话，"时代要抛弃你，连说一声再见都不会。"

我们拼命往城里拥挤，生怕被时代抛弃。但一场新冠的天灾，却间接印证了老人的预言。在他乡的城里，天天格子间蜗居，就像埋在水里憋气，出门买个菜都像一次赴死的考验。

在故乡的村里，单门别院，可以在屋顶晒太阳，在禾场打羽毛球，去菜地摘新鲜的蔬菜——只要不和邻居们近距离接触、不去集市，乡下的生活，依旧充满着自由的空气。

愿你出走半生　归来仍有故乡

这里，虽然没有城市里的灯红酒绿，却平静得令人安心，给你城里给不了的安全感。

这里，不管外面的世界如何，只要还有房子，还有地，你就不会挨冻、不会受饿。

是的，在故乡有座房子、有块农地，就像游泳的人身边有个救生圈。或许，你永远不会入住、不会用到，但大难临头时，这就是一个最好的庇护之地。

做一个比较极端的假设，如果是一场更猛烈更持久的病毒呢？是一场核弹级的战争呢？是一次星球毁灭级的宇宙灾难呢？

当物资供应不上、社会出现动荡时，当经济出现滑坡、发不出工资、做不了生意时，在城里的人，可能都会羡慕在村里的人！我们常说，关键时刻，存款能救命。但也要知道，更关键的时刻，存款也不能救命，工作也不能救命，只有田和地，或许可以。

说到底，他乡，只是前线；故乡，才是后方。

四

第三个真相，我们正在失去故乡。

不客气说，我们这两三代人，是在不断丢失故乡的。

在这几十年波澜壮阔的城市化浪潮中，始终都将"跳农门"，作为人生的最高理想。不管是读书、当兵，还是打工、做生意，都是为了离开这片故土，在他乡的城市扎下脚跟。幸运者，或许在城里买了房，入了籍，从此故乡是他乡。

依然还漂泊着居无定所者，在他乡充其量只是一个"流浪者"。尴尬的是，一旦他们回到故乡，既没有工作，又不愿耕种持家，竟也成了"异客"。

正所谓，回不去的故乡，到不了的远方。人在漂泊，两头无岸，浮萍无根。

就说这些天，因为疫情困守在故乡的人，依然执着通过手机、电脑，保持着和城市千丝万缕的联系。生怕疫情过去，城市将自己遗忘。我们正产生着对城市难以割舍的现代牵连，同时又正在失去回到故乡生存的原始技能，这才是我们难以逆转将要失去故乡的根源和真相。

家国天下，是中国人深入骨髓的情结。远方，有天下；故乡，才有家。

在城乡二元结构到城乡一体化融合的今天，故乡的概念，在时代的浪潮里逐渐淡化。我们，用尽力气走出去，想要远离故乡。

遭遇疫情的突袭后，才发现，故乡才是最安全的避风港。这里，才有血浓于水的亲情，以及永远愿意接纳你的故土。

"没有哪一次巨大的灾难，不是以历史的进步为补偿！"

或许，因为疫情，我们对故乡的重新审视，也是一次进步。或许，因为疫情，我们第一次意识到重建故乡家园的迫切。或许，因为疫情，我们才真正懂得：

故乡，是一个什么时候都不能丢下的地方！

愿你出走半生　归来仍有故乡

疫情时代的回乡计划

这个春节，终生难忘。

很多原本天衣无缝的过年计划，遭遇了疫情的降维打击，一瞬间被击得粉碎。

譬如我，原计划是这样子：年前，将父母早早接到南国的城里，一起过年；大年初四，一家人返乡探亲，当然，主要任务之一是喝喜酒；除7天法定假，再多请3天，初十回城。

之所以如此计划，一则希望父母到城市看看，二则鉴于春运一票难求，反其道而行之。

的确，这个安排一开始很顺利。腊月十六，父母来到了我蜗居的城市，行李出奇的多，肩挑手扛，全是腊肉、腊鱼等家乡过年特产。当时，我还抱怨了一句，搞这么多干啥哟，试下味道就可以了，吃新鲜的更健康。（后面的日子，足以证明我这句话错得离谱）

回家及返程的高铁票，因了反向错峰的缘故，也出奇地顺利买到。

直到1月20日，钟南山宣布"可以肯定有人传人"，这个计划，也从未停止。

但再往后的几天里，随着不断上涨的数字，家庭会议的讨论中，开始有了不同的声音。

1月23日，除夕前一天，武汉封城。阴云密布，恐惧笼罩，专家都在呼吁"不出门、少出门"。也正是这一天，我们全家达成共识，决定春节后先不回去了。

当晚，我没再犹豫，退掉了所有的车票。但还有点担心，会不会得罪准备正月摆酒（婚礼、寿宴、满月酒等）的亲友，在我们故乡，人到了才算心意到的。

谁知道第二天，竟陆续收到了亲友的摆酒取消通知。但当时，依然没有想到形势竟恶化至此。一整个春节，因为与生俱来的求生本能，以及口罩的极度稀缺，一家人待在小区的格子间里，深居简出。

每隔三五天，我开车出去，集中买一次瓜果蔬菜等必需品，往往装满整个尾箱和后座。

这一待，没想到就是40多天。原本所有的计划，都出现了前所未有的改变。

比如，父母带过来的腊鱼腊肉，2月底就全部吃得一干二净了。因中间好长一段时间，不敢进超市采买鲜肉。往年，搁在冰箱中的腊鸡腊肉，我记得至少能吃到8月的。

父母还带来了一袋自家磨的糯米粉，隔几天炸一次糯米球，现在，袋子也快见底了。

比如，电视剧，能看的太少了。给父母精选了《平凡的世界》等乡村题材剧集，追得很紧。到了3月，终于，遥控器摆弄来摆

愿你出走半生 归来仍有故乡

弄去，总找不到称心如意的片。

比如体重，飙升了 10 多斤。吃了睡、睡了吃，再加上为了提高免疫力，也不敢不吃好，能不胖嘛。

更具危机感的，是心理的极度压抑。

过年那几天，父母就吵着要去小区散步，经过一番激烈的"斗争"，总算打消了这个念头。

这一阵，又天天催问什么时候可以回去，惦记家里火炕上挂着的腊肉腊鱼，怕是要被老鼠吃光了；惦记地里的瓜果蔬菜，怕是早已杂草丛生了；惦记家里的冰箱，万一停电了咋办，怕是要发臭了；惦记……

但没办法，一想到老年人易感，我们还是劝阻了父母，再等一阵看看吧。

每次计议一番，理智上，大家趋于一致；情感上，却又总想着回乡。对故乡的思念日渐浓烈，情感和理智一次次交锋。

你看，现在家里封堵的路，大多都已经疏通了。你看，都 3 月了，很多人都进城了，人又开始流动起来了，应该没啥大问题了吧。

本来，父母这么说，我也这么想，特别是连续几天，都是零增长，想着必然是春暖花开了。

但这几天，形势又看不明白了。国外的疫情似乎有点失控，一位朋友和我说，现在的疫情，已不由中国掌控了。

琢磨片刻，依然深感危机重重，掉以轻心不得。于是，只好安慰年迈的父母：你看，族中的另一位堂伯，不也是在城里过年没回去么？你看，我有几位湖北的朋友，拖家带口回老家过年，现在还困着呢，都 50 来天了，连县城都出不了呢？

你看，现在连学校都还没开学呢？

父母，黯然点头。

不由得想，疫情之下，我们是多么渺小啊。这场疫情，可能是对所有人的一次考验！

看看武汉，一个中产家庭，全家倾覆也不过是旬月之间。更别说，牺牲一个小小的回乡计划了。

这正是，"留得青山在，不怕没乡回"。

当清明遇上疫情

一

这个清明，注定是个"不一样"的清明。

因为一场疫情，春节不能走亲串友，元宵不能赏灯看花，清明，也不能再回乡扫墓了。各地纷纷出台管控措施，或暂停，或预约，或倡导"云祭扫"。疫情尚未结束，切切大意不得啊。

千里之外，春山如黛，万物复苏。我们，却注定无法回到故乡，无法上到祖墓前，敬一炷香、鞠几个躬、说一番话。

然而，不能回乡扫墓，不代表不过清明。这个清明，甚至比以往所有清明，让我们更加懂得生命的真谛，更加心清景明。

心中亦可过清明。

因为一场疫情，我们都上了一堂"生命公开课"，更加敬畏生命、感恩生命、珍惜生命！

二

敬畏生命，源于强大时的自知。

清明时节，大地生机勃勃，万物生长，吐故纳新，生命是强大的。但当你静立于祖先的坟茔前，你会感知，即便是地球上最强大的生命，终究也逃不过化作一抔黄土的宿命。

万物如四季，生老病死，起落自然，最后尘归尘、土归土。

当我们慎终追远、缅怀先祖，最直接的物质联系，就是血脉里一小段可复制的遗传物质。我们敬畏这一小段物质创造的伟大奇迹，对生命的传承、血脉的延续感到庆幸和自豪。

而事实上，新冠病毒，也不过是一浅层蛋白质外壳，裹着一小段遗传物质罢了。它不过是地球上最原始的生命，简单得连细胞结构也没有。肉眼想要看到，得放大 1000 倍。

但，就是它，对地球上最复杂的生命，构成了最大的威胁！不过旬月，已感染 66 万人，夺去 3 万人的生命。毫无疑问，这是一场人类的大灾难。

父亲突然失去了女儿，孩子突然没有了妈妈，妻子突然永别了丈夫，有的一家四口，不过十数天，竟相继撒手人寰。

明天和意外，哪一个先来？

人类和病毒，谁更加强大？

或许，苏格拉底那句名言才能作答：我唯一知道的，就是我一无所知。因为"一无所知"，我们更加深刻认识到人类的弱小、生命的脆弱。

一夜之间，我们闭门守户、戴上口罩、拒绝野味。我们，从未像此刻这般清醒、认真，变得如此敬畏生命、敬畏自然。

当清明遇上疫情，我们更加懂得，只有敬畏，才能生存，才能延续。

愿你出走半生　归来仍有故乡

二

感恩生命，源于苦难中的温暖。

人类文明史，是一部苦难史，"生命的意义就在苦难本身"。不管是一个国家，一个家族，甚至一个个体，都必有其艰难困苦、玉汝于成的过往。

在那些泛黄的史册族谱里，是善良、勤劳、勇敢、坚毅的人，撑住了人类（家族）的繁衍不息。

因为苦难，所以温暖。

就像长辈们讲给我们听的那些家族苦难史，艰难谋生的岁月，悉心抚育我们长大的温暖，在我们脑海里，构成了一个家族苦难却温暖的记忆链条，让我们满怀对先祖的感恩，即便在异乡的夜深阑梦里，亦能生出最孤独时前行的勇气。

而今春，这场 14 亿中国人足不出户的全民战疫，更是上了一堂"感恩课"。

大灾大难，大江大河。

无数逆行者，不计报酬、不计生死，"冒着炮火"前进，奋勇战斗在抗疫一线。仅赴湖北武汉的医务人员，就有 4 万多名。他（她）们，是这个国家最勇敢的人。

他（她）们，呵护的是中华民族的命运，是新中国的国运，是 14 亿鲜活的生命。因为疫情，我们从未像此刻这样不安和惊恐；因为他（她）们，我们从未像此刻这样温暖和自豪。

一个朋友说，这两个月，是她流泪最多的一段日子。

看到 84 岁的钟南山坐餐车奔赴武汉，看到华西和齐鲁医疗队在机场的隔空喊话，看到医护人员伤痕累累的面容，看到方舱医院的"广场舞"，看到武汉小区唱起《歌唱祖国》的场景，总忍不住泪流满面。

我想，这行行热泪，正是对生命的感恩，对善行的致敬，对温暖的共鸣！

四

珍惜生命，源于万物里的唯一。

清明的山上，每一座墓碑，都刻着不同的名字，站着不同的后辈。每个人的生命只有一次，每个人的角色都独一无二。

生而为人，当珍惜生命、珍重自己、珍视家人。在历史的长河里，在浩瀚的宇宙中，人，不过一粒灰尘。但你，之于你的家庭，却是举足轻重、无可替代。

新冠肺炎，在中国已夺去了数千条生命。这不是冷冰冰的数字，而是活生生的生命。是父亲母亲，是丈夫妻子，是儿子女儿，是兄弟姐妹，是亲人朋友。

每一个数字，背后是一整个家庭的绝望，一整个朋友圈的悲伤！这不是死了成千上万人一件事，而是死了一个人这件事，发生了成千上万次。

也正是在这样的时代悲情里，我们更加领悟到，珍惜生命、保护自己，才是对所爱之人最好的负责，才是对列祖列宗最好的告慰。

所以，要勤加锻炼身体，保持健康规律的作息；要珍惜和家人在一起的时光，控制不良的情绪；要学会放下自己的欲望，在平淡中过好日子知足常乐。

所以，今年的清明，不必对未能回乡扫墓而耿耿于怀，心存愧疚。

逝者已矣，生者如斯。

倘若先祖有灵，必不会为此计较。他（她）们更希望你平安健康，你若冒着危险回乡，岂非本末倒置。

更何况，过清明，更多在心中——重形更重情、祭祖更祭心。

今年清明不回家，心中亦可过清明！

怀念老冰棒的 "清凉"

最近的南方都市，开启 "烧烤" 模式，一大清早，就是摄氏30度的 "起步温"。

昨天去市场买菜，头顶炙日，不一会便汗流浃背，于是禁不住花了5元钱，买了一根品牌雪糕，以图稍稍压制住不断外冒的内热。雪糕做得极为精致，外形圆润饱满，最外边铺满薄薄一层巧克力片，中间是酥软甜糯的奶油糕层，共分三层，每一层一个颜色，咬一口，色泽分明，糕汁漫溢，香甜可口。

但吃完这根雪糕，我却并未觉着清凉多少。反而，奶油粘在了嘴角、黏在了喉咙，腻腻乎乎，颇不舒坦，似乎更加口干舌燥起来。心中不由得念想着，还是小时候的老冰棒解渴啊！

当然，老冰棒是现在人的怀旧叫法。那时，就是叫 "冰棒"，前面没这个 "老" 字。

20世纪80年代末、90年代初，穷乡僻壤的小山村，冰箱远还没走进这个藏在大山里的小世界。到了酷热的夏天，有生意头脑的农家子弟，便做起卖冰棒的小贩子了，俗称 "卖冰棒的人"。

卖冰棒的人，先背个白色塑料泡沫箱，到数十里之外的镇上进货，然后以农人独有的快步，小跑般冲进大山，走村入户，田间地头，叫卖着这盛夏的人间极品——"冰棒，冰棒，卖冰棒……"，悠长悠长的吆喝声，来回飘荡在山谷之间，自带无法言说的诱惑。

到得小村里，孩子们早已围了上来，眼巴巴盯着那个白色泡沫箱，口水直在嘴里打转。

有家境略宽裕的父母，掏出几毛钱，给自己孩子买上一根冰棒。一两毛的，是纯冰棒，说白了，就是糖精水凝结成的冰块；三五毛的，是红豆冰棒、绿豆冰棒或水果冰棒，冰冻前加了粉粉的豆沙或者是果汁，芬芳馥郁，口感更好。

只见卖冰棒的人，小心翼翼从肩上取下泡沫箱，轻轻揭开箱盖，一股冷气瞬间冒起，形成一层白雾。众人这才看清，箱子里面，还被数层毛巾围盖住，一层层揭开，仿佛掀起新娘的红盖头，围着的大人和小孩眼神里满是渴望。掀开后，才是整齐码放的冰棒。

卖冰棒的人说，这个是保温箱，能隔热呢，外面的热气进不来，里面的凉气出不去。那时，觉得这个泡沫箱特别神奇，却不知其解。初中时，物理老师才解开困惑，原来泡沫通过塑料和空气的多层组合，是热的不良导体。

卖冰棒的人，用手取出一根冰棒，递给买冰棒的小孩，仿佛递送一颗稀世珍宝。小孩接过手，撕开包裹在外层的纸皮，已经略有融化的迹象了，冰棒水眼看流到了根部。小孩赶紧将冰棒举高，仰望着，张大小嘴包裹住，将欲要流滴到地上的冰棒水贪婪地接住。接着，略低地平放冰棒，一整个塞到嘴里，再或一条边一条边地从嘴边掠过，来回递送，吸吮冰棒水，小心翼翼，慢条斯理，那嗦嗦的吮声和享受的神情，仿佛冰棒就是琼浆玉液、不老仙丹。

严格说，这不叫吃冰棒，应该叫吸冰棒。一口一口咬着吃，那肯定舍不得。为了能更长时间享受那甜蜜的冰凉，都得等快要融化时，才凑上嘴吸吮一口。这个吸冰棒的法子，颇需一番技巧，眼力和时间把控的劲度要刚好，不然冰棒水融得太快、滴落地上，那可太叫人心疼了。

另外的孩子，眼瞧着买了冰棒的小伙伴那高兴兴奋劲，更是嘴馋得望眼欲穿。卖冰棒的人说，买一根吧，可以赊账。

这是卖冰棒人的推销策略，因为冰棒容易融化，得越早卖掉越好。这么一说，家长不在的小孩便自作主张，赊账也买了冰棒。卖冰棒的人掏出本子，记下是谁家孩子，家长一般也不会不认账。还有在场的家长，当然不忍自家孩子欠嘴，于是掏钱的掏钱、赊账的赊账，不一会，十来个孩子手上，都有了一根冰棒。无疑，那是一场集体的狂欢，就像过年一样。

而那些冰凉清甜的冰棒水，像一滴滴乳汁，让孩子们浑身凉透、爽心悦体，似乎每一个毛细血孔都透着凉气。有的孩子故意抖机灵，吸上一口，然后十分夸张地浑身打个寒颤，惹得大伙一震哄笑。

而这时，卖冰棒的人，早已妥妥封好泡沫箱，背起，或去往下一个村落，或去往大家挖长石矿的山上，或去到农人聚集较多

愿你出走半生　归来仍有故乡

的劳作山头。那里，还有更多的人等着，等着这令人无法拒绝的冰棒的诱惑。

留下一堆孩子们，将冰棒吸吮得只剩一根竹签，最后连竹签、连手指，都要使劲咀嚼一阵、舔舐一番。那冰棒的甜美滋味，便从此深入到孩子的味蕾记忆细胞，一整个夏天，也便多了一份回味，多了一份渴盼，多了一份清凉。

我有时想，为何那会儿一根简单的冰棒，只需要三五毛钱，便能令人那般满足、那般消暑？而如今，物质丰富，却始终难觅其味、难解其渴、难言满足？

可能，这便是极简人生的道理。

在那时的小世界，一根冰棒的魔力，丝毫不亚于现在的一顿山珍海味，其对于人生幸福感的"边际效用"，甚至相当于现在去购买一台新车。

是的，在欲望极简的乡下孩子们眼中，吃饱穿暖已是心满意足，更别提能偶然吃到一根冰棒了。欲望极简，人便更容易知足，更容易快乐。就像老冰棒，几毛钱，便能满足一整个夏天。

现在，长大了，欲望也跟着长大。简单变得复杂，单一变得繁乱，清晰变得迷离，纯澈变得混浊，沉静变得浮躁。

有时，我们甚至不知道自己到底需要什么、追求什么，过度被物质控制，看不清方向地庸常忙碌，时常心烦意乱甚至肝火中烧。自然，想要得到心满意足，也便难于上青天了。

我们忘了，生活简单，欲望简单，平淡安然，心静自凉，才是快乐人生的自然真谛！

所以，在这样的盛夏，我们怀念儿时的老冰棒。而我们不再安静的心，比我们灼热的身体，似乎更需要"曾经那个少年"时代的一根"老冰棒"！

那弯弯雪竹，那淡淡乡愁

　　晨起，例行刷朋友圈，看到乡友分享故乡山村的雪竹照，一时竟无语凝噎，心有千结。

　　大雪夹裹冰霜重压之下，"青松挺且直"固然傲娇，韧性十足的竹子一齐弯腰，从路侧倒向路心，形成一弯弯的雪竹洞，也分外妖娆。这些雪竹，似在虔诚地向冬天致敬，让人禁不住惊叹大自然造物的神奇瑰美！

　　这样的雪竹，别有洞天，趣味盎然。既像夹道迎送，又似过关考验。每有行人经过，须得弯腰俯身，小心翼翼从雪竹洞里钻过，以免雪霜沾满一身冰冷。

　　但而今，我已近二十年未能再见到此情此景。在异乡游子眼里，这皎洁青翠浑然一色的雪竹洞，像极了故乡对游子的拥抱和召唤！

　　虽冷犹暖！

　　那时年幼，还在上小学。一夜大雪扑簌，天寒地冻，白茫茫一片，每家每户的屋檐下，都挂着一排排透明冰凌，闪着寒光。

　　晨色微露，孩子们从暖和的被窝里挣扎爬起，三五一群，背着书包，鱼贯般从这些被霜雪冰凌压弯的雪竹洞里，透迤穿插而过。

在万籁俱寂的冰雪大山里，孩子们小心翼翼，却又掩饰不住一种莫名的兴奋和喜悦。偶尔有顽皮的小伙伴使坏，待你经过时，故意用劲晃动雪竹，一时间，冰雪纷纷抖落，孩子们嬉笑斗闹的欢笑声便穿行在山谷幽涧之中，来回徜徉，经久不息。

后来回想，这样的雪，这样的竹，构成了孩子们眼中的大自然奇观，自然难免兴奋。"瑞雪兆丰年"的祖训，加上落大雪后，窝冬的乡民们都会拿出家中珍藏的美食享用，这便有了期待的喜悦！

故乡是一个典型的湘北高山小村，青山叠翠，溪水环绕，青山翠竹藏人家，有人烟处必有坡坡青竹。到了寒冻时节，便有了这般奇景。

雪是雪白的雪，竹是青翠的竹，青青白白，却又浑然一色，毫无违和之感，像极了乡人们清清白白做人做事的操守。雪虽大，冰虽寒，竹虽弯，但却并不易折断，冰雪消融之后，复又挺立迎春，也像极了乡人们在贫寒之地坚韧坚守、勤耕不息的品性。

这里，青山高耸，蜿蜒不绝，虽算贫瘠，但向来不负勤劳，岁岁年年，养活了一代代的祖辈。

乡人们扎根在此，便生生不息，代代传承。生命的张力，在一个小小的村庄，发挥到近乎极致。

如今，时势使然，乡人们一代代走向远方！但无论走得多远、飞得多高，总还念念不忘那家乡的山水，总还秉承着勤耕苦读、善良持家的品性。去了很多名胜风景区，最终才发现，还是家乡最美！

就像今天，远在南国异乡漂泊的我，看这雪竹照，牵动思乡情愫，不免感慨万千。

记得幼时，那些路面，都还是极其简易的土石泥公路，近年也硬底化了！虽然村子里所住不过三五人，乡友一年再难回故里一趟，但远方的游子们，还是努力凑钱，将硬底公路修到了家门口。

这也许是游子们幼时的一个梦想，终归是要实现了，浅浅乡愁，才有了寄托，才能略感安然！

第四卷

千年一愁

端午不死

1276 年，南宋德祐二年，文天祥以右丞相之职，奉命出使，与元议和，试图挽救风雨飘摇中笙歌燕舞的宋王朝。

元朝丞相伯颜，居高临下，态度不可一世。文天祥针锋相对，当面痛斥，毫不退让。他本就是一个战士，求和这种使命本就不适合他。

伯颜恼羞成怒，下令扣留文天祥一行，全数押解元大都燕京。

北行至镇江，文天祥逮住夜防空挡，侥幸逃脱。但不久，谣言四起，反说文天祥是元朝派来劝降的。

数番死里逃生，又遭谣言中伤，文天祥心力交瘁。是时，恰逢这一年五月初五端午，他奋笔写下《端午即事》，剖明心志：

> 五月五日午，赠我一枝艾。
>
> 故人不可见，新知万里外。
>
> 丹心照夙昔，鬓发日已改。
>
> 我欲从灵均，三湘隔辽海。

那一刻，他想起了 1600 年前的屈原，无限怀念、深度共鸣。是啊，为国尽忠者，现已苍苍白发，想要从灵均（即屈原）处寻获慰藉，可惜三湘远隔千里之外。

那一刻，他俩心心相印，隔着生死，灵魂融为一体。

二

也许，屈原自己都没想到，当他义无反顾决绝沉向汨罗江心时，他会为华夏子孙，创造一个千年不变的节日——端午节。

上下五千年，一人代表一节，传承不灭并与之合体，历史仅此一例。人们总是不厌其烦，传颂他的精神，讲述他的故事。

这是为何？

无非是，因为他浓烈的家国情怀——这也正是端午的"节魂"。

在披挂出征、主导变法、纵横外交等各种努力后，屈原终发觉，腐朽糜烂的楚国，早已摇摇欲坠。而他，因奸佞的谗言见疏，左徒、三闾大夫（相当于副总理）官职先后被免，并被放逐江南，长达 16 载。

在烟雨莽莽的江南，他空余爱国之心，难觅报国之门。他的悲愤，只好化作滔滔文思，传下不世名篇《离骚》《天问》《九歌》。

面对歧路曲折，他说："路漫漫其修远兮，吾将上下而求索"；面对楚国沉沦，他说"举世皆浊我独清，众人皆醉我独醒"；面对民众苦难，他说"长太息以掩涕兮，哀民生之多艰"；面对千难万险，他说："亦余心之所善兮，虽九死其犹未悔"。

这个曾被救国使命耽误了的大诗人，开创了辞赋先河，被后世誉为"中华诗祖""诗魂"。

公元前 278 年，五月初五日，秦军攻破楚国都，极度苦闷、完全绝望、心如刀割的屈原，愤然自沉汨罗江，时年 62 岁。

三

听闻屈原以身殉国，附近的老百姓，纷纷赶来营救。

真身何处，魂归何方？楚人悲愤、哀伤。

有渔夫若干，划船来回穿梭打捞。有渔夫，担心鱼虾蟹吞食屈原真身，于是将饭团投入江中。更有老医师，端来雄黄酒倾倒入江，试图药晕蛟龙，使其不能伤屈原。

而这些，逐渐演变称为端午节"龙舟竞渡""吃粽子""喝雄黄酒"的习俗。

屈原以死明志，知其不可为，冀望用自己的死，唤醒楚人的血性，激励楚人的抗争，鼓舞沉沦的人心。

但他的死，终究没能打动末日狂欢的楚国王室贵族。55 年后，秦灭楚。

他打动的，只是千千万万的百姓，只是赢得了民心的无限爱戴。

千载以下，朝代更迭，世移俗易，但那些纪念从未间断，关于歌颂、仰望、祭奠的千古传唱从未停歇。

无私无畏、忧国爱民、拼死抗争、舍生取义的屈原精神，经受历史长河的淘洗冲刷，彪炳千秋，愈加璀璨。

愿你出走半生　归来仍有故乡

就像那颗心形的粽子，粽叶青、糯米白，一青一白间，寄托了人民心灵深处的无限敬仰、思念和希冀！

四

而文天祥，和屈原的精神交集远不止一次。他的一生，似乎就是屈原精神的真实悲情演绎。

据考，他生于五月初二，注定一生与端午结缘，流传下来的端午言志诗亦多达 6 首。

1256 年，年仅 20 岁的文天祥，以一篇万字雄文，被宋廷取为状元。

1274 年，宋廷危在旦夕，召令天下勤王。时任江南西路提刑（相当于厅级）的文天祥，散尽家财，招兵万余，进卫京师。

朋友制止他，说元军三路南下，这万余乌合之众，无疑以卵击石。他回答："国家如今危急，却没有一人一骑入京，我深感遗憾。之所以自不量力，以身殉国，是希望振奋天下忠义之心啊。"

原来因此，才振臂一呼。正如他的《端午感兴》所言：

> 流棹西来恨未销，鱼龙寂寞暗风潮。
> 楚人犹自贪儿戏，江上年年夺锦标。

他深深痛恨的，是"商女不知亡国恨，隔江犹唱后庭花"，是"暖风熏得游人醉，直把杭州作汴州"。

不久，战败。但他依旧矢志不渝，一心辅助宋廷辗转东南，在赣州、在福州、在漳州、在南岭，千里苦战，九死一生，试图扶大厦于将倾。

这期间，他的母亲及唯一的儿子先后死去。此时心境，恰如他另一首《端午感兴》：

> 当年忠血堕谗波，千古荆人祭汨罗。
>
> 风雨天涯芳草梦，江山如此故都何？

风雨飘摇，天涯渺茫，故都何在，家国何在？

1278 年冬 12 月，因为叛逆泄密，文天祥在潮州被擒。

不久，押解至潮阳。元军许以丞相之位招降，文天祥掏出一首诗，权当作答。这便是名垂千古的《过零丁洋》：

> 辛苦遭逢起一经，干戈寥落四周星。
>
> 山河破碎风飘絮，身世浮沉雨打萍。
>
> 惶恐滩头说惶恐，零丁洋里叹零丁。
>
> 人生自古谁无死？留取丹心照汗青。

五

刚一被抓，文天祥便要死节，他毫无迟疑，吞食了一把龙脑，不知为何，只是昏迷。

这时，活着对他来说就是一场劫难，偏偏想死亦变得不可。

愿你出走半生 归来仍有故乡

在押往燕京途中，他绝食八日，依然未能死去。最终在燕京，经受了长达四年的囚徒栖遑。

其时，忽必烈正极力搜罗人才，而臣下举荐："南宋人中，没有比得上文天祥的。"于是，分期、分批、反复的劝诱劝降，成了家常便饭。

甚至，被俘归顺的宋恭帝来劝降，忽必烈也亲自到牢房招降，他始终不为所动，将劝降者一一骂回，并说："一死之外，无可为者。"

身陷囹圄的四年，每逢端午，他几乎都要写诗明志。其中一首叫《端午初度》，有几句是：

死所初何怨，生朝只自知。
楚囚一杯水，胜似九霞户。

楚囚的他，心境如明月。另一首《端午》，他说：

田文当日生，屈原当日死。
生为薛城君，死作汨罗鬼。
唯有烈士心，不随水俱逝。
至今荆楚人，江上年年祭。

此刻，孤苦伶仃的他，只剩下死亡这一武器。

1283年，文天祥走上刑场，面南三跪后，引颈就义，终年47岁。

忽必烈很是舍不得，惋惜道："好男子，不为吾用，杀之诚可惜也！"

妻子在收拾他遗体时，于衣带中发现遗言："孔曰成仁，孟曰取义；惟其义尽，所以仁至。读圣贤书，所学何事？而今而后，庶几无愧！"

六

文天祥虽走，屈原精神却依旧薪火相传。

多难兴邦。中华文明绵延五千年不灭，四大古国独有华夏存留，或许，原因就在这一人、一节、一精神里。

1647年，组织抗清义军屡败屡战的陈子龙不幸被俘，铮铮铁骨坚贞不屈，拒绝招降。同年五月十三，端午不久，在被押往南京途中，突然跳入松江而死。

他也有一首端午诗《五日》，其中写道：

> 吴天五月水悠悠，极目烟云静不收。
>
> 拟向龙楼窥殿脚，可怜江北海西头。

岁岁端阳，今又端阳，盛夏粽艾分外香。今天，端午成为法定假日，被列为世界非物质文化遗产。

但试问，当我们兴高采烈过节时，真的传承了端午节真谛吗？

我们吃着香喷喷的粽子，观着热闹闹的赛龙舟，品着雄黄酒祈祷一年的安康，而端午节，就只有这些吗？

不是的。

端午节，是有节魂的，有根有祖，有源有宗。我们常说不忘初心，公元前 278 年五月初五，就是端午节的初心。

让节魂归位，让精神不灭，让本色不改，让正气长存，这才是端午节的真正要义。

毛泽东曾说："屈原是一个不朽的形象，我们就是他生命长存的见证人！"

不朽的，更是一种精神；见证的，更是一种传承。

此所谓：屈原不死，端午不死！

重阳，以古诗词说我爱你

"岁岁重阳，今又重阳"。

人去千山远，今夕共夜沉。您身边的父母、长辈、亲友，都还好吗？

当"重阳节"遇上"万圣节"，朋友圈里的流量，绝大多数耗在"万圣"。传统佳节，似又完败给了"崇洋节"，让人心情真真是："又是重阳近也，几处处，砧杵声催。"

世事浮沉，游子千里，"三载重阳菊，开时不在家"。历尽人间涛浪，你是否初心如一、归心依旧？愿你依旧少年，"尘世难逢开口笑，菊花须插满头归"。

重阳"九九"，寓意长久长寿。故今日，又是尊老敬老的时令。登高远眺、把酒赏菊，只为祈求岁月静好、人世安稳。

"细看茱萸一笑，诗翁健似常年"，常愿天下父母，岁岁年年，皆能"健似常年"。

你给远隔千里的父母，打一通电话、道一声牵挂了吗？

故乡离得太远，须得登高望。亲友别得太久，必得一壶菊花酒。临秋风里，一诉离愁别绪的柔软衷肠。

唐朝一个叫王维的诗人，念起兄弟，说："独在异乡为异客，每逢佳节倍思亲。遥知兄弟登高处，遍插茱萸少一人。"那些年，那些兄弟，你在他乡还好吗？

清代秋瑾，忆起同胞姊妹，说："百结愁肠郁不开，此生惆怅异乡来。思亲堂上茱初插，忆妹窗前句乍裁。对菊难逢元亮酒，登楼愧乏仲宣才。良时佳节成辜负，旧日欢场半是苔"。想她了，干脆铺一页素笺，写封信吧！

宋代李清照，思念新婚不久的丈夫，说："薄雾浓云愁永昼，瑞脑消金兽。佳节又重阳，玉枕纱橱，半夜凉初透。东篱把酒黄昏后，有暗香盈袖。莫道不销魂，帘卷西风，人比黄花瘦。"

人世有情，愿受五百年风吹、五百年日晒、五百年雨淋，只求那人从桥上走过。缘定三生，情深几许，故也多了挂碍、多了情怨，这"人比黄花瘦"，却是幸福的烦恼！

也有诸多文人墨客，悲秋惜时。

杜甫："万里悲秋常作客，百年多病独登台"；宋代晏几道说："九日悲秋不到心，凤城歌管有新音"，嫌弃俗世靡音，打扰了他悲秋地走心呢！姚云文说："近重阳偏多风雨，绝怜此日暄明"，临近重阳风雨多，偏重阳却秋高气爽，诸君定要怜惜珍爱！

元代张可久念叨："人老去西风白发，蝶愁来明日黄花。回首天涯，一抹斜阳，数点寒鸦"，少年难再有，天涯归处是尽头。清代沈辂则特直白："万里秋光客兴赊，同人九日惜年华。"

唐朝诗界大咖刘禹锡却喜秋，他说："自古逢秋悲寂寥，我言秋日胜春朝。晴空一鹤排云上，便引诗情到碧霄。"

来来去去、起起落落，有得意自也有失意，秋还是那个秋、菊还是那朵菊。有时候，一念起、一念灭，全在寸心间。

尤其是，有酒有肉，有亲友有兄弟，那自是别一番景象。

所以，孟浩然说："待到重阳日，还来就菊花"，这是个喜欢约酒的主子，他有一次还说："何当载酒来，共醉重阳节"，不醉不归的节奏啊！

同样悲秋的张可久，这年却转了性："九日明朝酒香，一年好景橙黄"，又是酒香，又是橙黄，一派丰登景象。

唐代崔曙，神交陶渊明兄弟，故此说："且欲近寻彭泽宰，陶然共醉菊花杯"，厉害了，隔着时空，竟也能邀酒。

宋代吴文英说："一年最好，偏是重阳"；宋江哥哥，这一年与朝廷谈判招安在望，心情不错，说："喜遇重阳，更佳酿今朝新熟"，末了来一句："望天王降诏，早招安，心方足"，真让人替梁山 108 好汉着急鸣不平。

但说起豪情万丈、逸兴遄飞，千古诗词大家毛泽东，雄才韬略，独步古今，怕是古人也甘拜下风。他的《采桑子·重阳》，你一定读过："人生易老天难老，岁岁重阳，今又重阳，战地黄花分外香。一年一度秋风劲，不似春光。胜似春光，寥廓江天万里霜"。

思乡是永恒的主题。

那个叫作"故乡"的地方，无论你走得多远、走的多久，不管你见过多少世间繁华、岁月红尘，也无法忘记那清晨出发的小路、

愿你出走半生　归来仍有故乡

叶子上的露珠和晨色中远送你的目光。

卢照邻说："九月九日眺山川，归心归望积风烟。他乡共酌金花酒，万里同悲鸿雁天"，故乡，在风尘中、在前尘里。

王勃说："九月九日望乡台，他席他乡送客杯。人情已厌南中苦，鸿雁那从北地来"，你是否也厌倦各种人情世故、怀念家乡的那抹纯澈？

还有"何期今日酒，忽对故园花"，花非花，梦非梦；"朔方三度重阳节，河曲干旌岁岁忙"，北国异乡三载，可念那江南水乡？"绿杯红袖趁重阳。人情似故乡"，每一个故乡都曾是他乡，每一个他乡却成了故乡。

更多的，还是借题发挥、抒发情怀。

比如夸赞怜惜菊花的。唐郑谷"王孙莫把比蓬蒿，九日枝枝近鬓毛"，菊花可不是野草；白居易："满园花菊郁金黄，中有孤丛色似霜"，这是独赞白菊孤傲遗芳；李白："昨日登高罢，今朝更举觞。菊花何太苦，遭此两重阳"，怜香惜玉之情，溢于言表！

比如借景消愁、自怜自叹的。五代李煜："又是过重阳，台榭登临处，茱萸香坠"。白居易："重阳独酌杯中酒，抱病起登江上台"，这真是一个多病多难的诗人。

宋吕本中："短篱残菊一枝黄。正是乱山深处、过重阳。"辛弃疾："问他有甚堪悲处？思量却也有悲时，重阳节近多风雨。"吴文英："可惜重阳，不把黄花与。"苏洵："佳节久从愁里过，壮心偶傍醉中来。"黄花残菊，心凉如秋。

清纳兰性德："佳时倍惜风光别，不为登高。只觉魂销"；清代序灯："吟怀未许老重阳，霜雪无端入鬓长"；清代妙算子："握手经年别，惊心九日霜。"年华易逝，空杯对人。

"一日难再晨，盛年不重来"。

趁秋光且好，年华未老，翻翻诗词，洗洗尘心，想想远方思念的人。

我只愿岁月静好、现世安稳、亲友安然、你我无恙！

愿你出走半生　归来仍有故乡

李白：且认他乡作故乡

在山高路远、车马邮件都慢的古代，乡愁，无疑是诗人们永恒的主题——只需一缕月光、一声暗笛、一枝柳条、一壶浊酒、一个远去的背影，便能将对故乡的思恋化作柔肠百结的文字。

譬如李白。

在一个专录古典诗词的网站上，以"乡愁"为关键词搜索，自先秦至明清，共有 180 篇，全唐诗中有 101 篇，而李白排在第一，有 11 名篇。当然，这只是一个掠影。思乡诗词，何止万千。存世 981 首诗作的李白，梦回故土的作品又何止 11 篇。

岂止数量！论质量，思乡诗前三甲，恐怕也是李白、李白、李白。

最著名的，莫过于那首妇孺皆知的 20 字五言绝句。

其实那年，李白不过 26 岁，"仗剑去国，辞亲远游"仅才一年余。在客居扬州旅舍的九月十五夜，他写下《静夜思》：

床前明月光，疑是地上霜。举头望明月，低头思故乡。

二

李白的故乡，向有争议，何况是在"旅游靠名人、文化靠啃老"的今天。

有说祖籍是甘肃天水，有说是西域碎叶城——不但家世知之甚少，其5岁以前信息亦十分有限。但有一点倒是公认，李白5岁以后，随父居于四川北部的青莲乡，度过了童年、少年，学成一身好本领（诗、剑、经，甚至还懂番邦外语）。

5岁以前，人的记忆十分有限且模糊。故此，于李白，青莲才应是他心中的故乡，他亦自号"青莲居士"。从他诗中，也能判定他自认的故乡是四川。至于祖籍，那不过是一个神圣却陌生的存在了。

公元725年秋，25岁的李白仗剑出蜀，少年远游，终此一生，再也没有回到过故乡。他去过很多地方，有时是历练结交，有时是游历山川，但更多的时候，是避乱战祸，孑然漂泊，放逐贬谪。

据考，他一生去过200多个地方，登名山80余座、游江河60余条，足迹遍布大半个中国，行程何止万里。

但是，出川后36载有余，故乡，只在他的梦里和诗里。

他的诗作中，思乡主题很多，却并不经常提起故乡的名字，可能是生怕触碰了内心最软肋。

有一次例外，堪称李白最深情的一首诗，字字泣血、句句深情，读来无不令人肝肠寸断。

那年是公元755年，诗人迟暮，晚景凄凉。他在安徽宣城看到了杜鹃花，不禁联想到故乡花鸟同名的子规鸟（又名杜鹃，其鸣声如泣，音同"不如归去"），写下《宣城见杜鹃花》：

蜀国曾闻子规鸟，宣城还见杜鹃花。
一叫一回肠一断，三春三月忆三巴。

二

遍游天下的李白，环绕大半个中国，为何就是不敢再回故乡？

哪怕有几次，离得已很近了，却又似故意绕开？

是因为，山高路远、交通不便，乱世之中，蜀道难于上青天？

是因为，壮志出川，少年成名，心怀天下，终究却不过是皇家花瓶，落个"赐金还山"的打发，郁郁不得志，心中有着"如不成名誓不还"的执意？

是因为，仕途难进、一生坎坷，非得要自我放逐、漂泊无岸，才有那惊世之作的灵感？正如杜甫赠他的那句，"文章憎命达，魑魅喜人过"？

是因为，近乡情怯，越是思念，越不敢回去？怕回去了，便也"老不出川"了。

189
千年一愁

还是因为，他将漫长的漂泊，作为了一种自我救赎，一种对现世的抗争和叛逆？

都是，也不全是。

总之，故乡是一种特别的存在。乡愁，也是一种说不清道不明、却又真真切切搁在心尖的情愫。

有人说，回不去的，才是故乡。有人说，心安处，才是故乡。既然回不去，既然不回去，那就只能将此情此愁，化作绵绵诗句了。

四

公元 734 年，东都洛阳客栈，已是夜深人静。辗转反侧、人在羁旅的李白，忽然听到了几缕断续的笛声，他写下《春夜洛阳闻笛》：

> 谁家玉笛暗飞声，散入春风满洛城。
> 此夜曲中闻折柳，何人不起故园情。

几年后，他又漂泊到了兰陵，喝了几杯好酒，写下《客中行》：

> 兰陵美酒郁金香，玉碗盛来琥珀光。
> 但使主人能醉客，不知何处是他乡。

那还是刚出蜀的第一年，荆门渡口，兴致勃勃的他看到了高山、平野和大江，他却说，此处风景虽好，最爱恋的还是家乡的

愿你出走半生　归来仍有故乡

山水，写下《渡荆门送别》：

> 渡远荆门外，来从楚国游。
>
> 山随平野尽，江入大荒流。
>
> 月下飞天镜，云生结海楼。
>
> 仍怜故乡水，万里送行舟。

那时，他还寄书蜀中友人，说"别时泗犹在，已为异乡客"。

又一年，在黄鹤楼遇到了家乡峨眉来的蜀僧，他说："我在巴东三峡时，西看明月忆峨眉""一振高名满帝都，归时还弄峨眉月"，想的是归去玩赏家乡山月。

漫漫羁旅，他曾在孤独的客舟上感叹"何年是归日，泪雨下孤舟"，在深秋的山林前喟问："何处是归程？长亭连短亭。"

50多岁的某年某日，避难江南的他，接待了一位乡中亲友，他怅然若失："叹我万里游，飘飘三十春。"

三十多年，直到客死他乡，也再没敢或没能回到故乡。

五

回不去的，不但有故乡，还有那个出蜀少年的梦想。

他曾也有过一段意气风发的日子，得知唐玄宗召他入京，说"仰天大笑出门去，我辈岂是蓬蒿人。"

没曾想，再远大的抱负，却不过是帝王家豢养来吟诗作乐的翰林罢了。也曾有过一段金戈铁马的日子，追随永王起兵，"永王正月东出师，天子遥分龙虎旗"。

最终兵败，落得个流放夜郎。流放途中，到了白帝城，那里已是入川了，却是更不敢回去了。幸而遇赦，一大早便立刻东下江陵。一个流放之徒，迟暮老朽，还是赶紧远离家乡，才能心安罢，这才有了那首《早发白帝城》。

就这样，李白离家乡越来越远了。岁月无情催人老，梦想早也碎了一地，故乡早已物是人非，容不得你随意回去了。

半生飘零，人若浮萍。回不回到故乡，又还有什么关系？就像那句，埋骨何须桑梓地。

把故乡放在心里，把他乡且作故乡，大抵是李白对故乡的执念了！

杜甫：露从今夜白，月是故乡明

———

印象中，杜甫，是一个极为愁苦的诗人，他自己也说，"文章憎命达"。

命途多舛。

少年时短暂富贵，却遭遇盛唐转衰、家道中落，应了"人怕老来苦"的凄凉命格。公元755年冬天，43岁的杜甫，仍不过是个看管兵甲的小吏，有天冒着大雪去探望老妻稚子，还没进门就听到哭声，原来是小儿子活活饿死了。他悲恸欲绝，写下《自京赴奉先县咏怀五百字》，足足五百字，叹尽人世凄凉："朱门酒肉臭，路有冻死骨""入门闻号啕，幼子饥已卒""所愧为人父，无食致夭折"。52岁，另一个幼子饿了要饭吃，不停哭嚎，他心酸写道："厚禄故人书断绝，恒饥稚子色凄凉""痴儿不知父子礼，叫怒索饭啼东门"。

怀才不遇。

24岁赴京应试落第，但棱角尚在，"裘马清狂"四处游历，依然心怀高远，"会当凌绝顶，一览众山小"；45岁靠着进诗，好不容易被皇帝封了个"左拾遗"（科级干部），没几天竟还遭到了贬斥；52 岁，寄居蜀中，筑草堂于浣花溪上，被举荐担任检校工部员外郎（副厅级），这已是他一生最大的官职了，却也没当上几年。

一生漂泊。

19 岁后离开故土，仕游十年，困守长安十年，短暂任职数年，寄居四川十年，客居两湖数年，除了 23 岁那年回乡参加"贡试"，有史可载的回乡，屈指可数，大多已无迹可寻，一生中常年飘零，辗转逃亡，几欲回乡而不得。安史之乱中，惶惶于四处躲避兵乱，甚至还被叛军俘虏过，所幸官职委实卑微，并没引起多大注意，不然可能就咔嚓了。

正因这样的愁苦，他推己及彼、心怀苍生，"三吏""三别"诉尽国难家苦、民生多艰。

55 岁的他再《登高》，此身已不再是"曾经那个少年"，只剩下"万里悲秋常作客，百年多病独登台。艰难苦恨繁霜鬓，潦倒新停浊酒杯"。

2019 年热播剧《庆余年》里，穿越到古代的范闲，背写了杜甫的这首《登高》，震动朝野，众皆惊为天人，行家庄墨韩却一眼看出破绽，年纪轻轻的范闲，仅有的人生阅历，是写不出如此旷世苍凉和百年苦恨的。

生活磨砺了他，苦难淬炼了他，岁月洗礼了他。

诗人不幸，诗家幸。

正因这样的愁苦，他的乡愁，也是格外的凄美。心念苍生的

愿你出走半生　归来仍有故乡

他，始终将心田的一处温软地，安置故乡。

二

杜甫祖籍湖北襄阳，生于河南巩县，少年时多居于洛阳、长安少陵，他的故乡到底在哪，或许只有诗人自己知晓。

52岁时，他听闻官军收复河南河北，欣然写下"平生第一快诗"："白日放歌须纵酒，青春作伴好还乡。即从巴峡穿巫峡，便下襄阳向洛阳。"《恨别》中写"洛城一别四千里，胡骑长驱五六年"，这里的故乡，是洛阳。

在《送孟十二仓曹赴东京》中，他不无感慨："秋风楚竹冷，夜雪巩梅春。朝夕高堂念，应宜彩服新。"这里的故乡，是巩县。

他年少又在长安郊外的少陵原安居多年，是一生中难得的安稳岁月，那里是他远祖杜预的故乡，所以杜甫自称"少陵布衣""杜陵野老"。他在《九日五首》中写道："故里樊川菊，登高素浐源。他时一笑后，今日几人存。"《月夜》写道"遥怜小儿女，未解忆长安"，这里的故乡，是樊川，是长安。

川大的张叹凤先生言，杜甫的故乡更多是"大中原"的概念，"更是一种家国之愁"。也有人说，他是"从中原出发，一辈子都在回乡"。

当然，非要给杜甫的故乡来个非此即彼，并无意义。重要的是，诗人对故乡的思念，如影随形，一生热挚。特别是在大西南的暮年寄居生活，"此公无日不思故乡"（明王嗣奭评语）。

乃至张叹凤先生认为，杜甫是"乡愁"诗人的鼻祖，理由是杜甫最早将"乡愁"两个字明确组成词语写入著作，见于761年所作《和裴迪登蜀州东亭送客逢早梅相忆见寄》，内有"幸不折来伤岁暮，若为看去乱乡愁"的句子。虽然同时期也有其他诗人写有"乡愁"二字的句子，但一则时间先后无从考证，二则杜甫对后世的影响力最大。

当然，是不是乡愁诗人的鼻祖，并不重要。但"此公无日不思故乡"的断语，我相信是千真万确的。

三

最为人耳熟能详的，是那首《月夜忆舍弟》。

那是759年，安史之乱的第六年，诗人流离到了甘肃秦州，恰逢白露时节，他想起几个弟弟都被战乱分散，音讯全无，生死不明，怀乡思亲之情油然而生。

戍鼓断人行，边秋一雁声。露从今夜白，月是故乡明。有弟皆分散，无家问死生。寄书长不达，况乃未休兵。

窃以为，望月怀乡的诗句不计其数，一骑绝尘比肩齐驱者，当属李白的"举头望明月，低头思故乡"，以及这句"露从今夜白，月是故乡明"了。

这一年，诗人已是47岁暮龄之年（古代人均寿命较短）了。

终其一生，诗人的"乡愁"诗，存世甚多，足可证"此公无

愿你出走半生　归来仍有故乡

日不思故乡"。

在烽火的长安城里，他忧国念家，"烽火连三月，家书抵万金"；在夔州（今奉节）的山村，夜深清风伴月，他伤怀不已，"风月自清夜，江山非故园"；在成都府的寂寥日子，他落寞，"大江东流去，游子日月长"；在西南的暮春时节，他日日思归，"今春看又过，何日是归年"；看到江城的归雁，他愁肠百结，"肠断江城雁，高高向北飞"；看到夔州的孤雁，形单影只的他思念亲友，"孤雁不饮啄，飞鸣声念群"；在江汉客舟间，他归心似水，"江汉思归客，乾坤一腐儒"；在夔州，他伤秋感怀，"丛菊两开他日泪，孤舟一系故园心"；同样是夔州的客舍，他顾影自怜，"南菊再逢人卧病，北书不至雁无情"；他还在客舍中听到了吹笛，"故园杨柳今摇落，何得愁中却尽生"。

故乡，无时无刻，不在诗里、不在心里、不在梦里。

真可谓：乡思绵绵，客愁无边。

四

人生最后的日子，他入川避乱，承蒙友人的照拂，生活大抵是安稳许多了。

这些大西南十年岁月，寄人篱下，暂得栖身，他的创作也迈入了鼎盛期。据统计，杜甫一生存世诗作约1500首，出自此期间的竟超过了1000首。

今天，我们都要感谢这段川中的岁月。

也许是自知大期不远，诗人愈发思念起了故乡，这已是他人生的秋天了。"树高千尺，叶落归根"，一把老骨头了，总得回到故乡吧。

768年，57岁的杜甫，疾病缠身，"乡思病"更是渐入膏肓，无药可解。这一年，他下定决心变卖简陋的家产，雇了一条船，排除万难，一心北归。

孤舟出峡，自夔州经江陵（今荆州）、转公安、抵岳州（岳阳）。之后，因重疾复发、资费耗尽，加上地方叛乱、突发洪水等种种原因，他被迫"北辕南辙"，反而去向了更南的潭州（长沙）、衡州（衡阳）。

770年，一晃距出峡已逾两年，诗人却仍羁留湖湘，多地辗转。其间旅途奔波、老病复发，艰辛备至，有次遭遇洪水，竟五天没吃到食物，可谓饥病交迫。

这年寒食节（清明前一天），他勉强吃了些冷食，坐在飘荡的舟中，心心念念仍是故乡，"云白山青万余里，愁看直北是长安"。

转眼又入冬，"老病"的诗人不顾年迈多险，仍执意北归，在从潭州北往岳州的孤舟上，客死他乡，时年59岁。

至死，他未能如愿回到故乡，但至少是寂灭于回乡的归途中，一心望乡归北而逝。

死后，葬于岳州平江县东南的小田村。平江以西数十里，是屈原沉江的汨罗，再往北数十里，是闻名天下的"岳阳楼"。

今天，这座游人如织的江南名楼里，还镌刻着诗人768年于

愿你出走半生　归来仍有故乡

此写下的不朽诗作《登岳阳楼》：

昔闻洞庭水，今上岳阳楼。

吴楚东南坼，乾坤日夜浮。

亲朋无一字，老病有孤舟。

戎马关山北，凭轩涕泗流。

白居易的邯郸冬至夜

时光太瘦，指缝太宽。

又到一年冬至节。这天，昼最短，夜最长。当然，最长的，莫过于思念。

冬至大过年，思念比夜长。

话冬至，诸多朋友喜欢吟诵杜甫的"天时人事日相催，冬至阳生春又来"，或"年年至日长为客，忽忽穷愁泥杀人"。

而于我，独钟情于白居易的七绝《邯郸冬至夜思家》。

唐朝写过冬至的，还有杜牧、孟浩然、韦应物、孟郊等名家数十人，唐以后，更是多如牛毛。但倘若搞个"冬至中华诗词大赛"，白居易凭《邯郸冬至夜思家》，想必应是实至名归第一名。

不多啰唆，先读诗、后作解。

《邯郸冬至夜思家》

邯郸驿里逢冬至，抱膝灯前影伴身。

想得家中夜深坐，还应说着远行人。

那一年，正是德宗贞元二十年（804 年）岁末冬至，33 岁的

愿你出走半生　归来仍有故乡

白居易，混得并不如人意。

说是在朝为官，才混了个秘书省校书郎。秘书省就是国家档案馆（或图书馆），校书郎就是订正勘误的校对员，正九品上，也就是个副主任科员之类的芝麻官。

搁在今天，若混成这样，还不如辞官归田算逑。你想啊，他是谁？他可是白居易啊。

16 岁时，就以一首"离离原上草，一岁一枯荣。野火烧不尽，春风吹又生。"誉满都城，少年成名。京中不少大员都是他的忠实粉丝啊。

他又是官二代，根正苗红，父亲白季庚在他 9 岁时，就已是厅级干部了（彭城县令升任徐州别驾，五品）。

他的工作单位，还是中央直属机构，秘书省监属从三品，好歹也算个副部级单位了。

但没想到，16 岁出道，直到 33 岁，才谋了个副主任科员的差事，勉强混一口饭吃，真可谓中年崎岖、人艰不拆。

也难怪 12 年后，这位江州司马，听了琵琶女"13 岁名满都城，年长色衰嫁商人，长年独守空房"的故事后，泪湿青衫，无限感慨"同是天涯沦落人，相逢何必曾相识"。

当然，那是后话。

但这一年，白居易干劲还是蛮足的。在唐朝，冬至可是最重要的节日，全国统一放假 7 天，朝廷要祭天，民间要祭祖，穿新衣、享美食。而他，却出差了。

人家放假，你加班；人家团聚，你出差。

这一天，他远在都城长安千里之外的河北邯郸公务，孤苦一人，当晚便宿在邯郸"招待所"。

这一夜，屋外飞雪连天、万家团圆，欢笑声、爆竹声、道贺声此起彼伏，邻近人家的菜肴香气，连绵不断穿过墙来。

就连招待所的工作人员，也各自团聚去了，扔下他这个"上级官员"，也没人陪他喝几杯。

可怜这位校书郎，在寒冬零度的夜深里，只能抱膝独坐在一盏孤灯前取暖，甚至连一盆炭炉也没有。

残灯冷照里，他看到陪伴自己的，只是自己的影子。

诗人不由得一声长叹："邯郸驿里逢冬至，抱膝灯前影伴身"。

这一刻，他不禁想起老前辈的名句"独在异乡为异客，每逢佳节倍思亲"，他不由自主也想起了家中的父母和亲人——他此时还是"单身狗"一枚。

但要知道，白居易是个极重感情的好男人。他19岁时，与青梅竹马的邻家小妹湘灵相恋，虽长年异地，相见时难，却矢志不渝、感情越来越深。

后来，他数次请求母亲准予他与湘灵结婚，却因母亲极重的门第之见（湘灵是平常人家女子），屡遭拒绝。

直到37岁时，仍旧孤身一人、念念不忘的白居易，在母亲以死相逼下，才与一位同僚的妹妹结婚。

这段初恋维持了二十年，最终妥协。但对白居易，一生从不曾忘怀。

所以，这一刻，他想起了家中父母、兄妹，必然也想起了湘灵，这些他牵挂的人，他们在家里忙什么呢。一家人不得团聚、心爱的人不得相守，想必，也是坐到夜深，谈论着我这个远行的孤人吧。

诗人便又是一声长叹："想得家中夜深坐，还应说着远行人"。

我想你，你也在想我。而我，也知道你在想我。这，大概便是思念最美的样子罢！

很多年以后，他的继任者秘书省校书郎李商隐也出差，思念起妻子，大概从白居易这首诗获得了灵感。李商隐写道："何当共剪西窗烛，却话巴山夜雨时"，异曲同工。

而白居易，还写过一首冬至的诗——《冬至夜怀湘灵》：

> 艳质无由见，寒衾不可亲。
> 何堪最长夜，俱作独眠人。

两个相爱的人，一个爱情悲剧。迄今读来，仍觉凄苦断肠。

今日冬至，唯愿：有人问你粥可温，有人陪你立黄昏。

纳兰性德：山水一程，风雪几更

人在羁旅，总会不经意间，牵动内心深处的乡思。

累了，想念家里的床；渴了，想念家里的茶；冷了，想念家里的火；孤独寂寞了，想念家人的闲话碎语。

这种心绪，是自然而然的。

李白的"万重关塞断，何日是归年"，白居易的"共看明月应垂泪"，范仲淹的"浊酒一杯家万里"，马致远的"夕阳西下，断肠人在天涯"……，大抵都是如此。

所谓苦难出诗人，孤旅，则出乡愁的诗人。

但要说，将天涯孤旅、风雪兼程时的乡思，写得最动人心弦的，还要数纳兰性德的这首《长相思》：

山一程，水一程，身向榆关那畔行，夜深千帐灯。风一更，雪一更，聒碎乡心梦不成，故园无此声。

1682 年 2 月，康熙东出山海关（又称榆关），祭告奉天（今沈阳）祖陵，27 岁的一等侍卫的纳兰性德，随行护驾。

这天，已是抵近榆关，跋山涉水逾 600 里，一程又一程。是

愿你出走半生　归来仍有故乡

夜，将士宿营，军帐千灯，寒气逼人，风雪交加，一更又一更。

然而，纳兰性德却无意欣赏这样的壮观，更无法安然入睡。呼啸的寒风和扑簌的飞雪，聒碎了他浅浅的乡梦。

夜已深透，寒枕难眠的他，披上风衣，掀开帐门，只望见一顶帐篷数盏灯，连绵一片似无穷星辰，想着，故园此时，是绝不会有这样凄迷而孤独的风雪聒噪声的。

故园，也下雪，也刮风，然而却有红袖添炉、诗酒暖屋。倘若此时在家，大雪落无声，屋里暖如春，正当是对酒当歌、怡然自得的惬意时光。不像此时此地此心，同样的风雪，别样的心情。

物随心转，境由心造，此情无关风物，却又寄之风物。

翻翻诗词，岑参的"孤灯然客梦，寒杵捣乡愁"，张咏的"无端一夜空阶雨，滴破思乡万里心"，无不遥相共鸣。

今天，交通异常发达、经济深度交融，人们与故土的离别，更如家常便饭。而这首词中的句子，更是字字击中我们的心坎。

我们中的大多数人，离乡别井，不远千里万里，从乡下去到城市，寒来暑往、日月流转，早出晚归、加班加点，觥筹声色中，笑容都已累到僵硬，连睡一个囫囵觉似乎也是很久的事了。

我们做着不愠不火的工作，住着逼窄的房屋，吃着味精重的外卖，不过是因为背负着养家糊口的重担，背负着出人头地的梦想！

而这，何尝不是"山一程、水一程""风一更、雪一更"？

城市很大很繁华，我们很小很寂寞。

车水马龙，华灯霓虹，笙歌燕舞，堪称"夜深千帐灯"。这样的夜深，抛却努力的成分，甚至连应酬都觉得是一种负担，又如何能像在故乡的时候，心静如水、安然入梦。

故园，可能没有城市的灯火辉煌，但也就没有了这样的聒噪，更没有了这样的千斤重担。

但我们，还是选择了远方。

和纳兰性德比，毕竟没有他那样的华贵出身、锦绣前程。

但同在异乡，这样"聒碎乡心梦不成，故园无此声"的心境，却是一般无二。

这样"山水一程，风雪几更"的乡思，数百年后，依然相同相通。

望乡诗神余光中

20世纪90年代，有一阵颇为流行台湾诗人的集子，比如席慕蓉，比如林清玄，比如余光中。

我是将余光中先生奉为"高山仰止"人物的，当年幸获一本名叫《听听那冷雨》的散文集，记忆犹深。也是在一个深夜，静卧宿舍床上，听收音机里略带诙谐男磁音朗诵散文《我的四个假想敌》，去年又在某公众号上聆听余光中先生亲自朗诵的诗歌《雨声说些什么》，都是一种至高无上的精神愉悦！

至于海内天涯极负盛名的《乡愁》，登陆高中课本，上榜高考试题，更无需赘言了！

所以，恸闻余光中先生去世噩耗，不觉怅然黯然！

相信很多朋友，和我有一样的感受。再看看今天百度热搜榜第三名竟然是"余光中"，以及种种刷屏，瞬间有一种"诗歌未死"的错觉！

原来，有这么多人曾经爱过余光中先生！

二

余光中先生名作等身，写爱情、写季节、写古典、写现代，纵横驰骋，逍遥飘逸。然而，永恒不变又登峰造极的主题，是永远的乡愁！

缘何？因他的少年，恰逢"那年乱世如麻"，颠沛流离、背井离乡、漂泊天涯，走得越来越远，最终走到了海峡的那头。"宁做太平犬，莫当乱世人"，他的少年时代，是乱世离人！国破山河碎，人命如草芥！

1928年重阳节次日，他出生于南京，那已是一个烽火四起的岁月！9岁时，"七七事变"爆发，上海、南京相继沦陷，余光中跟随母亲，辗转江苏常州、上海、香港、越南、昆明、重庆等地，烽火连三月，人世如水上浮萍、飘零乱世，朝不保夕。年纪轻轻就经受了生离死别、饥寒交迫、巴山楚水、人世凄凉。

抗日战争胜利后，他随父母重返南京，于1947年考入金陵大学（南京大学）。未几，内战爆发，复又流离，"第二次逃亡"。不久转入厦门大学，1949年在香港辍学一年，1950年随父母艰难抵达台湾，就读台湾大学。整整13年的颠沛，终才乱世暂稳。金陵子弟江湖客，他说这是自己的"蒲公英岁月！"

一个动荡的战火时代，个体的背影总是那么孤苦弱小。余光中先生的经历，不过是那个时代人的缩影。

这样的流离失所，免不了思乡情切。隔海相望，思念只能倾注笔端。

愿你出走半生　归来仍有故乡

有人认为，余光中先生的乡愁诗歌之所以声望高，主要是因为意识形态加以影响。这是偏见，乡愁自古就是文学不衰的主题，每个人心中都有一个乡愁。

　　乡愁，既是我们对现世安稳岁月静好的向往，也是我们背起行囊走向远方的原始动力！

二

　　读一读余光中，他的家国情怀、思乡情愫便会铺天盖地卷来，直袭得你泪满面、心苍凉！

　　1966年，不到40岁的余光中先生，就写下了自己的遗嘱诗《当我死时》。这恐怕也是他的梦想，他说："当我死时，葬我，在长江与黄河之间。枕我的头颅，白发盖着黑土。在中国，最美最母亲的国度。"

　　1971年，43岁的余光中在台北旧居中，遥望阔别已23载的大陆故乡，他写下了著名的《乡愁》。只用了二十分钟，情到深处字自流，几十年感情，倾注到一首短短数十字的诗中。

　　他说："小时候，乡愁是一枚小小的邮票，我在这头，母亲在那头／长大后，乡愁是一张窄窄的船票，我在这头，新娘在那头／后来啊，乡愁是一方矮矮的坟墓，我在外头，母亲在里头／而现在，乡愁是一湾浅浅的海峡，我在这头，大陆在那头。"

　　他还写下《乡愁四韵》，说："给我一瓢长江水啊长江水，酒一样的长江水，醉酒的滋味，是乡愁的滋味。"

　　1992年，余光中先生终于重新踏上大陆土地，在故宫看到了白玉雕琢的一个苦瓜，他感由心生说："钟整个大陆的爱在一只苦瓜，皮靴踩过，马蹄踩过，重吨战车的履带踩过，一丝伤痕也不留下。"

1995 年，他回到母校厦门大学参加校庆，回台后写下《浪子回头》："清明节终于有岸可回头，掉头一去是风吹黑发，回首再来已雪满白头，一百六十涅这海峡，为何，渡了近半个世纪才到家？"

2001 年，余光中先生第一次见到了诗里梦里的黄河。他蹲下身子，温柔地抚摸黄河水，沾在鞋底的泥巴，被他刮下带回台湾，装进盒子摆在书架上！

后来，他说："每到夜深人静的时候，我的书房里就传来隐隐的黄河水声，像是听到故乡"，"掉头一去是风吹黑发，回首再来已雪满白头。浪子老了，唯山河不变"。他回忆自己的巴山楚水凄凉的岁月，说"记忆像铁轨一样长"。

2002 年 5 月 20 日，南京大学百年校庆。白发苍苍的余光中先生回到母校，深情为全校师生朗诵《钟声说》："大江东去，五十年的浪头不回头，浪子北归，回头已不是青丝，是白首。"

甚至，即使是自己的办公室，也要面向大陆。他说："每天在学校办公室，望过去就是我熟悉的故乡，我要庆幸，自己不是住在台东，不然面对的就是太平洋，我又不要看美国，有什么用呢？"

即便到了 2017 年，他 90 岁寿诞，他还用欧阳修的《再至汝阴》抒发思乡情："黄栗留鸣桑葚美，紫樱桃熟麦风凉。朱轮昔愧无遗爱，白首重来似故乡。"

他一直被乡愁摧残，一直在享受乡愁，也一直在守护乡愁，他自称"与永恒拔河"。要知道，20世纪60、70年代的台湾，也是意识形态较为严格的社会。

所以，在《听听那冷雨》里，他说："前尘隔海，古屋不再，听听那冷雨。"

四

很奇怪，我在高中时代，对当时几个余姓文人极为钟爱，在地摊上都买过10元一本的作品集拜读过（恕文人固穷）。而这几个余姓文人，颇领一时之风骚，且彼此多有交集。

如《文化苦旅》的余秋雨，如名诗《理想》的作者流沙河（本名余勋坦），如"北大怪才"余杰。当然，还有余光中。

很奇怪，这几个余姓文人，隔了千万里竟也发生千丝万缕牵连。余秋雨和余杰打过笔墨官司，坊间称为"二余之争"；余光中和流沙河80年代即神交，互通书信并赠送文礼，流沙河也是余光中在大陆的重要推广人！

我总觉得，人世间，有一些情愫，千头万绪却又千丝万缕，冥冥之中仿若天意。

就像乡愁，永远都是我们共同的最质朴的情感！

2017年12月14日，余光中先生的灵魂终于回到了故乡！中国人的朋友圈，满满的眷恋与怀念。

游子，终不再漂泊。

先生，欢迎回家！

游子回乡两 "不敢"

公元 1746 年（清乾隆十一年）腊月，21 岁的诗人蒋士铨，暂时结束在外游学的漂泊日子，赶回家中过年。

老母亲见了儿子，满心惊喜，却又对更见清瘦的儿子百般担忧，一再询问儿子在外面的日子过得可好，是否平安顺利，可有吃饱穿暖，内中多少清苦艰辛，一边急切问，一边赶紧拿出刚缝制好的寒衣，给儿子披上。

儿子看着密密麻麻的针脚，马上想起唐代孟郊的那句诗，"慈母手中线，游子身上衣。临行密密缝，意恐迟迟归"，余光略扫，又见到自己前不久寄回的家书，仍搁在桌上，墨迹犹新，想必母亲才读了不久，或在翘首相盼的光阴里，又读了一遍。

儿子想到，母亲在家日夜的操劳和不安的挂欠，而自己作为人子，未能承欢膝下略尽孝道，不禁深感愧疚，竟一时无语凝噎，那些出门在外的飘零之苦、世态之凉、委屈之难，哪里还说得出口，更不敢说将出来，以免牵动母亲更多的担忧。

只好言辞闪烁，顾左言他，最后化作一句宽慰的话，母亲大人放心吧，儿子在外一切都好，劳烦您牵挂了！

回到书房，儿子犹在感慨，漂泊之苦，母爱之暖，何其映照分明，于是提笔，写下这首《岁暮到家》：

> 爱子心无尽，归家喜及辰。
> 寒衣针线密，家信墨痕新。
> 见面怜清瘦，呼儿问苦辛。
> 低徊愧人子，不敢叹风尘。

回到家里，面对母亲的担心，报喜不报忧，"不敢叹风尘"。

数百年过去，今天，漂泊在异乡的游子，不依然如此吗？

在外打拼谋生不易，风里雨里，早出晚归，各种人情冷暖、城市节奏、生活重担，直将人压得喘不过气来。

但只要是回家，我们都得打点好行囊，收拾好心情，擦拭掉满身风尘，隐忍掉所有心酸，再没钱也要置办一套光鲜的衣着，把钱包尽量塞满，把笑容尽量储足，只为印证电话里经常说的那一句："我在外面一切都挺好的！"

游子在外，谁不是满身风尘？

回到家中，谁不是满面春风？

我们隐藏了真实的自己，藏起了内心的苦楚，俨然一个幸福的成功人士，不就是不想父母徒增伤感和牵挂么？

这样的心情，不也正是"低徊愧人子，不敢叹风尘"的现代版么？

而这个"不敢"，骨子里，烙印的是子女之于父母的"报喜不报忧"。

另有一个"不敢"，则是父母之于子女的"报喜不报忧"。

每次打电话回去，询问家中情况，父母不一样也是那句——我们身体都很好的，能动能睡，吃的用的都有，不需要你操心，你只需照顾好你自己。

我的一位同学，春节回家，从父亲那里，才知悉母亲几个月前刚做了一个大手术。而那段时间，因为工作不太顺利，她每天都要找母亲电话诉苦，母亲总是安慰她、鼓励她，帮着她出主意、渡难关。

然而，正是那段时间，她母亲的身体正经历着一次生死大考。

虑及女儿的烦恼，母亲不忍心再给她增添压力，说动了父亲，竟一直瞒着女儿，直到出院，就像这事儿从未发生一样。

同学说，知道这件事后，她哭得稀里哗啦，觉得自己太不孝了。因为那段母亲最难的日子，她却还每天拉着母亲煲电话粥，塞着各种负能量。

于是，她脑海里跳出一个念头，"不能再这样了，应该辞掉城市的工作，回故乡谋个营生，以便照顾父母！"

但当她试探着说出这个想法时，母亲断然制止。母亲知道，偏僻的故乡，毕竟容纳不了女儿年轻的梦想。

同学只好继续这样的两地牵挂，互相"报喜不报忧"。她说，每有故乡人来，她都要仔细询家中情况，生怕漏掉什么。但问的时候，心情又格外忐忑，生怕听到不好的消息。

我宽慰同学，你这种心情，一千多年前的诗人宋之问也曾一样有过呢。

那时，诗人被贬到岭外任泷州（今广东罗定）参军，已有大半年了，那时的岭南是荒蛮之地，音信不通，可不是如今的改革开放前沿。

异地谋生之苦，再加上对亲友的牵挂思念，到了这年春天，诗人冒险逃归故里。一路上风餐露宿，过了汉水之后，眼看着距离家乡是越来越近了，偶尔还能碰到家中的熟人。

然而，寒暄之后，诗人更加忐忑了，不敢多问家中境况。

缘何？

因为长期客居异乡，家中音信已断多时，情况如何，实在心里没底，怕那些不好的预感被熟人证实，梦寐以求的团聚被无情的现实击碎。

万一是不好的消息，怎么办？年迈的父母身体都还健朗？妻儿亲友是否都还平安？自己的罪责有没有牵连到家人？

诗人越想越怕，快回乡的兴奋中，更多的夹杂着忧虑。一连串的"急切欲问"，最终都化作了一句"不敢问"。

不问也罢，反正快到家了，总归会知道，总归要接受。

只好一边赶路，一边默默祈祷。

在路上，他还将这份忐忑之心，写成名垂千古的 20 字——《过汉江》：

岭外音书断，经冬复历春。

近乡情更怯，不敢问来人。

"告老还乡"里的乡土情结

一

公元 744 年，86 岁高龄的贺知章，告老还乡，回到阔别 50 载的故乡，写下那首传诵千古的《回乡偶书其一》：

少小离家老大回，乡音无改鬓毛衰。

儿童相见不相识，笑问客从何处来。

年少便极具诗名，36 岁辞别故乡、进京赶考，一举高中状元。此后，一入宦途深似海，他竟未能有哪怕一次的衣锦还乡。

他的做官，可谓平步青云。

65 岁，便升任礼部侍郎，后来又转任工部侍郎，是中央副部级领导了。

78 岁，升正部级，任太子宾客（东宫属官，太子老师）、正授秘书监，与六部尚书也可平起平坐，人称"贺监"。

2019 年热播电视剧《长安十二时辰》，太子的老师"何监"，原型即为贺知章，其地位之显要，剧中可见一斑。

愿你出走半生　归来仍有故乡

但于故乡故土，公务羁绊一生，他却始终无法荣归。

直到 744 年，他已是耄耋之年，因病恍惚，自觉时日无多，才告请朝廷还乡。

唐玄宗诏令准许，还写诗赠他，太子亲率百官送行，可谓殊誉盛极。

而此刻，对故乡而言，他似乎已不再是浙江有省以来的第一位状元郎，只是一个残暮老人。

从唐都长安，到故乡越州永兴（今杭州萧山），千里迢迢，一路风尘仆仆、昼夜颠簸，想必他是辛累却又雀跃的。

他一定想起了那个意气风发、踌躇满志的少年。

人生易老，一别经年。

久居异乡，再度重返，垂髫变为黄发，从他和邻里儿童的打趣看，也算"返老还童"了！

乡音犹似昨，此身已为客。

世事沧桑，新旧交替，他老眸含泪，久久凝视着门前春风不改的"镜湖水"，心中万千感慨，这是《回乡偶书其二》的句子：

离别家乡岁月多，近来人事半消磨。

惟有门前镜湖水，春风不改旧时波。

回到故乡，恰逢春天，他却未能过完这一年的冬天。

未几，病逝，朝廷追赠礼部尚书，一把老骨头，如愿告老还乡，埋进了故土。

二

"告老还乡"，该是个温暖的词，字典里是这么解释的：年老辞职，回到家乡。

在古代，专指官员年老辞职，是一种官员退休制度，据考，最早出现于周朝。《公羊传·宣公元年》："退而致仕"，致仕，就是交还官职的意思。

所谓"文官告老还乡，武官解甲归田"，"告老"，就是告诉朝廷，我老了，干不动了，想回家歇一歇了。

在那些古老的岁月，交通并不发达，绝大多数人，一生活动的半径也不过百里。

其中，流动性最大的，就是官员、将士。

生意人、手艺人，也走南闯北，但他们老了，是叶落归根，不叫告老还乡。

从制度本身看，"告老还乡"，既有朝廷更迭新旧官员、杜绝终身制防范官员权势过大的顾忌，也有官员明哲保身、主动远离权力旋涡、求个平安落地安度晚年的诉求。

再往深里究，更蕴含着中华民族五千年来安土重迁、故土难离的乡土情结。

这种情结，是融到骨子里的，做再大的官也无法免俗。

在古代中国，人首先归属于家庭、宗族。

树高千尺，叶落归根。哪怕在外闯荡一生，哪怕"十五从军征，八十始得归"，老了是要归乡的，死了是要进祖坟、入祠堂，

愿你出走半生　归来仍有故乡

所谓"乞骸骨"。

只有这样，人的一生，似乎才称得上圆满。

无论是达官显贵，还是贩夫走卒，即便在异乡遇故身亡，遗身也定是要回到故土安葬亡魂才能安息的。

所以，古籍里，才有"千里护柩""湘西赶尸"的传奇故事。

这样的乡土情结，根深而蒂固，在"告老还乡"古制中，愈发淋漓尽致。

即便今时今日，亦不乏有成功人士，固执要回乡置屋，以防哪天迟暮还乡。

有的，甚至早早便择一山水形胜吉地，造出"活人墓"。

虽是陋习，却也是千载传统使然。

三

我在探究"告老还乡"的乡土情结中，还发现了这一古制的极大功用——"乡贤反哺"。

虽然古代的城市概念比较淡薄，城市的优点远不如今天，但某种意义上看，古代社会也是城乡二元结构。

户籍制度，大抵依附于故土所在，即便名动天下，亦不外如是。比如"常山赵子龙""燕人张翼德"。

更甚者，将故乡作为别号，如"柳河东"（柳宗元）、"康南海"（康有为）。

这些一时翘楚，在家乡十年寒窗、十年磨剑，一步一步走出故乡，考取功名、从政为官，这是向朝廷、向都府（姑且称之为"城市")输入"人才",可谓"农村哺育城市"。

临到老了,退休回乡,耕读乡里、诗书传家,带动故乡的发展,可谓"城市反哺农村"。

他们,曾经是达官显贵,告老还乡后,成为故乡的巨大"财富"。

在故乡,他们一边颐养天年,一边发挥余热,给故乡带来了更宽阔的视野,更文明的风习教化。

他们,利用残存的影响力,主持推动修路办学、抚恤孤老、救济贫穷、制定乡规民约、调解邻里纠纷等,逐渐形成了扎根故土、代代传承的"乡贤文化""家族文化"。

他们告老还乡,从经济上讲,可视为现在的"招商项目",带来了可观的金银财宝,或置办田地,或起房建屋,或采买用度,增加了就业、促进了消费、激活了经济。近几年,甚至内地不少地方,专门选调在一线发达地区的公务员、事业干部、企业家回乡发展,道理是一样的。

同时,他们的宏大视野、满腹经纶及高尚德行,还为乡村注入了宝贵的"精神"财富,成为乡土文化的"内核"之一。

乡中子弟、族中子孙,莫不以之为榜样,一代代讲述着他们的传奇,传承着"读得书多当大丘"的古训。

他们的故事,也一代代传唱不息,激励着一代代后生努力走出去,再走回来。

以前读湖南近代史,有一段说到近代湖南开风气之先独领风骚,很大一个原因,就是湘军的功成身退。

愿你出走半生　归来仍有故乡

湘军遣散后，文臣告老、武将卸甲（当然，很多人实际未老，但因避讳朝廷猜忌而解散队伍），都回到乡里。

他们，不仅带来了巨大的财富（很多是战争缴获、朝廷奖赏），更带来了开化的风气。

更者，不少人见到了天下之大、世界之广，开始在乡里兴办新式学堂，后辈数代累计，便成就了后来的"一部近代史，半部湖南书"。

时至今日，这种乡贤文化，魅力依旧不减。

从村子里走出去的精英，或致仕，或求学，或经商，无论走得多远、走了多久，总还会惦念家乡的发展、支援家乡的建设，想着要反哺桑梓、泽被乡里。

在广东，你会发现有很多"华侨医院"，实际就是漂泊异国的"乡贤"捐建。

时下，很多地方政府的招商引资，"乡贤"，早已发展成一块金字招牌。

而这背后，都还是"告老还乡"这一古制的精神延续。

四

新中国成立后，我们的社会，已建立成熟的户籍体系和退休制度。

告老还乡，已逐渐埋进历史。

人民功臣者，死后可入"八宝山"；入籍城市的，也可进入公墓、陵园。

退休后在医疗条件优越的大城市养老，死后遗体火化、骨灰入园，不再回到故土，已成为新时代新风尚。

但翻看这数十年的印记，亦不乏例外。

比如许世友，1985 年病重，向中央请求死后准许其归乡土葬（当时党的高级干部一律要求火葬），理由是"活着尽忠，死了尽孝，葬在老母坟边以尽孝道"。

报告最后送呈邓公，其批示"照此办理，下不为例"。

比如建国 70 周年之际被授予"最美奋斗者"称号的开国少将甘祖昌。

1957 年，他主动辞去新疆军区后勤部部长一职，带着家人回到阔别 20 多年的家乡，开启 29 年的"农民生涯"。

卸甲归田后，他用汗水浇灌家乡、反哺故土。

据统计，1957—1984 年，其工资收入加原有存款共计 102452 元，捐作家乡水利设施等建设达 79032 元，占总收入的 70% 多。

我的故乡，也有一位传奇的副国级的"农民"——毛致用。

他长期担任湖南、江西省委书记（前后 17 年），1998 年当选全国政协副主席。

2003 年退休。他主动要求不留北京、不留长沙，带着老伴、一个警卫员，一个司机，悄悄回到生养他的故乡岳阳西冲村，当起了"田舍翁"。

根据规定，国家领导人的安保不容有失，当时，可算给中央警卫局出了一个难题。他们准备在村里建营房，驻扎一个警卫排，遭到了毛致用的断然拒绝。

后来，多方商量，采取了简易折中办法，当地派出所在他家附近设了个值班室，24 小时警员值班。

在故乡，毛致用除了看文件，平日里和普通农民一般无二，种地养鸡、自耕自足，甚至还挖了个小鱼塘。

他也发挥自己的影响力，不断为因贫穷闻名乡里的西冲村建设献计献策、亲力亲为。

如今，西冲户户通公路，人均年收入超 5000 元，是当地有名的富村，邻村的姑娘看着西冲的小伙子都眼热。

每年，毛致用个人还要拿出一两万元工资，资助村子里的贫困老人。

据说，湘西著名画家黄永玉，曾赠送毛致用一幅画：

一个老头，悠哉悠哉躺在一张竹椅上，轻轻摇着扇子；不远处，一个老婆婆正端着盆子，往地面撒谷子喂鸡。

画的右上方题有："小屋三间，坐也由我，睡也由我；老婆一个，左看是她，右看是她。致用仁弟如今有此境界矣。"

正是在这些例外的故事里，我们不难看到"告老还乡"的影子，读到故土难离的浓厚情结。

无论是在异乡为天下计，还是在故乡为村民计，居庙堂之高，处江湖之远，不变的，是他们的赤子之心和乡土情结。

或许，只有回到故乡，游子的血才能停止沸腾，游子的魂才能停止躁动。

我想，这才是告老还乡的真意吧！

第五卷

此心如月

一碗茶泡饭的幸福

茶泡饭于我的记忆，大抵是爷爷最常吃最爱吃的食物了。

特别是炎炎夏日，劳累耕作一天后，爷爷用大搪瓷碗盛一浅碗米饭，再倒入小半罐浓茶，竹筷子扒拉扒拉，一会功夫就吃个底朝天，根本不用下饭菜。

小时候，我曾疑心这样吃味道很好。于是学样，也来那么一碗，却被柴火煮焦的硬粒米饭哽在喉咙，难以下咽。这让我对爷爷竟能吃出肉汤泡饭一样的滋味，很是不解。

年岁稍长，常听爷爷"讲古"，我才渐有些明白。爷爷生在旧社会，打小做长工，别说米饭，红薯饭、野菜饭都难得吃上一顿饱。逢上年节，粗粮饭里才有零星的白米粒作作点缀，能吃上一碗白米饭那是做梦才敢有的奢侈。解放后，穷人翻身作主，贫农身份的爷爷分到了自己的田地，有了自己的家。可是子女七八个，一大溜子嘴巴嗷嗷叫，吃的多半也是红薯丝、野菜根。

有次黄昏，爷爷跟我讲这段故事，说到自己的两个小孩因为吃不饱，最终没能长成人时，他突然低下头，筷子在茶泡饭里搅得更加地叭叭响。

爷爷说，白米饭是天底下最好吃的了食物了。他是到了70年代末，责任田承包到户后，才真正吃上的。爷爷说，用竹筷往嘴里送上满满的一口白米饭，使劲地嚼，越嚼越香，越嚼越甜，越嚼越有滋味，根本用不着下饭菜，饭就是菜。

事实上，也没什么下饭菜。奶奶想方设法炒一点番薯叶、棉絮叶、野蒜头、野笋、野蕨菜之类，半点油星，一分咸味（油盐都是稀罕品），但那都是给小孩吃的，小孩子舌头嫩、长身体。

爷爷大概就是那时喜欢吃茶泡饭的。乡下用锅煮饭，烧的是木柴，烟熏火燎，火大火小，米饭煮熟时很多都成了糊糊的锅巴。为了不至很难下咽，爷爷开始用茶泡饭。

乡下倒不缺茶。每逢春天，菜地两旁的茶树便抽枝散叶、绿意盎然，奶奶就会带上我们，挽着菜篮，下地采茶。我小时候也和奶奶采过茶，还曾被偶遇的土蛇惊吓。茶叶只采嫩叶芯，摘回来后，爷爷就负责煮水，将新茶先用开水烫过。随后，用手使劲揉尽茶叶里苦水，再放在铁锅中烤干，绿茶就变成熟茶了。熟茶被爷爷奶奶当成了宝贝，用薄膜纸包上好几层，再装进粗粗的竹筒，压在旧木箱底。这种茶，特别耐喝，取出三五片放进茶罐，泡了几回水，茶还是浓浓的。泡在白米饭中，一白一黄，色泽分明。

爷爷一辈子都是做农活的，从十来岁到七十多，从未间断。我们那个村子的老人大抵如此，所谓"世上只有种田好，今年不种明年难"。到了农忙时节，他早出晚归，田地被整得干净齐致，用心远胜过他对于自己的穿着打扮。中午有时候是我去送饭，爷爷总吩咐我多带点茶。劳动后，饥渴交加，一碗茶泡饭，茶能解渴，饭能充饥，爷爷吃完后，偶尔对着山谷吼几嗓子山歌，似乎融化掉了一天的疲倦与饥渴。

那种田间耕作的辛劳和希望，随风四处飘散，黄牛正在吃草，村人陆续往返，小孩捉泥鳅、割猪草，远远的村庄半隐半现于竹林翠色之中，偶有炊烟袅袅，令人至今难以忘怀。

我上学的时候，已是90年代初，家中生活景况有了一定改观。油盐柴米较为充实，菜园子里瓜果飘香。隔上一月半月，还能偶尔吃上鸡鸭鱼肉。只是肉菜分量不够，父叔辈们都南下广东打工，或出门酿酒（当地的一种手艺，相当于百姓的支柱产业），我们孙子辈5、6人都是爷爷奶奶拉扯大。小孩子正在长身体，嘴又刁，遇到好吃的，你争我抢，爷爷多半是拿筷子稍稍蘸点味道，微微的夹一点菜。倘若他筷子勤了几下，奶奶就会把菜碗再往靠近我们的桌边端，略带气愤地喊："你们多吃点，你们快吃"。奶奶这样说时会加重语气，而说多吃点时则会拖长语气，似乎提醒爷爷要多让给我们吃。这时，爷爷不会说什么，他显然明白奶奶的意思。于是端着碗，起身去倒茶，茶泡饭吃得就像肉汤饭一样爽快利落。

习惯是一种伟大的力量吧。我想，刚开始，爷爷吃茶泡饭只是一种无奈。但到后来，他竟似乎真的喜欢起茶泡饭来。时光飞快流转，到了新的世纪，生活水平日新月异，鸡鸭鱼肉成了家常便菜，想吃都吃不完。但爷爷很多时候，还会放着鱼肉不吃，放着肉汤不泡，依然去倒上半罐茶，依然吃得爽快利落。

这时，社会观念也已经发生翻天覆地的变化。简餐主义、素食主义盛行，粗茶淡饭变得金贵，俨然成了富人的爱好，喜欢吃肉竟然成了讥讽穷人的笑柄。

茶泡饭忽也变成了一种名吃，川人还有"好吃不过茶泡饭"的说法，网上常见到茶泡饭做法大全，普洱茶泡饭、观音茶泡饭、日式茶泡饭做得精致雅朴，色香味俱全，而普洱茶、铁观音茶几两的价格也超过很多人一个月的收入了。据唐代《茶赋》载，茶能"滋饭蔬之精素，攻肉食之膻腻"，时有"茗宴"。在日本文化中，茶泡饭还被升华为"细水长流的生活"这种哲学符号，甚至还孕育出了一家将茶泡饭做了100年的老店。

医学研究甚至还表明，茶泡饭含有茶多酚、单宁酸等多种有益元素，常吃能去腻、洁口、化食、软化血管、降低血脂、预防中风、防治肿瘤。

但这些，爷爷都不知道，也并不关心。他照样还是喜欢和原本一样的茶泡饭，自种的大米，自栽的茶叶，自泡的米饭。粗粗的茶叶、浓浓的茶水、白白的米饭，清白澄明，就像他一生的勤劳、简朴、平淡、清和、善良、知足。

每念及此，我不由心生无限感慨。

所谓大道至简、返璞方能归真，最高明的厨师用的往往是最日常的食材。生活原本不易，柴米油盐，快乐与满足，全在一心。

茶泡饭这样的草根美食，对我们平民百姓是一种的缘分，流淌的是最浓郁的人情味、最点滴的烟火色、最平淡的人生梦。当下常谓"不忘初心"，在我，茶泡饭便正是初心。

爷爷奶奶去世后，偶尔回老家，我会特意吃上一碗茶泡饭。粗茶淡饭哽咽在喉咙，我不禁潸然泪下。

初心如许

———

什么是初心？这是一个问题。

今天，"不忘初心、方得始终"，已然成为人们一句口头禅了，朋友圈里，更是耳熟能详、动辄刷屏。

但若问你，什么才是初心？你的心中，可有答案？

《朗读者第二季》第一期主题——"初心"，卷首语也只给出模糊的释义："初心可能是一份远大的志向，世界能不能变得更好，我要去试试""初心也许是一个简单的愿望，靠知识改变命运，靠本事赢得荣誉。"

梅兰芳大师言："戏要常带三分生"，这"三分生"可能是初心。

墨西哥寓言中，有个匆匆赶路的旅人，忽然停下，说要"等等落在后面的灵魂"，这"灵魂"可能也是初心。

香港导演刘浩良的射箭师父跟他讲："想象箭原本就插在靶心，你要做的，只是放手，让箭重回靶心"，这个"靶心"估摸还是初心。

我相信，一千个人，会有一千个关于初心的答案。

我有一个朋友，在深圳金融行业深耕多年，事业有成，还数次借乘了房价东风，用他自己的话说，"也算半个财务自由了！"

那天，我问他，你的初心是什么？

他埋下头，一会又抬起，眼睛闪亮了几下："我的初心，不过是年少离家远行时，妈妈清晨给我煮的面里的那个荷包蛋！"

＝

是的，虽然我们走了一千里、一万里，梦里萦回，总还能归于那个原点。

朋友幼时家贫，属于小村里的多数派。南方山村，大米是主食，面条罕见，是当成肉来吃的。而面条里倘能下个荷包蛋，那更是远行人才有的待遇。

朋友说：第一次出门，是读初中，在二十里开外的镇中学寄宿，一星期回一次家；三年后，去更远的县城读高中，一月回一次；后来，去省城读大学，一学期回一次；再后来，跨省工作，一年回一次；不久结婚，好几年才难得回一次了。

记忆中，每一次离家，都要一黑早出发，得赶路。鸡鸣五更，天未露白，睡意蒙眬中，挣扎着起床收拾。而妈妈，此时早已在边厢的厨房忙开了。

待得端热水洗完脸、刷完牙，妈妈便盛出热气腾腾的一大碗面条，上面总搁着一个金黄的荷包蛋。偶尔，底下还会埋着一个。

妈妈用命令的口吻说："赶紧趁热吃"。她还坐着一旁，满足地看着我，不住地唠叨。

愿你出走半生　归来仍有故乡

这么多年过去，我想起妈妈的那些话语，总结起来无非两句：求学时，在学校好好读书，平时注意身体；工作后，在单位好好做人，开车注意安全！

每次都是这两句，从未变过，就像每次出门，都是一碗荷包蛋面从未变过一样。

这从未变过的荷包蛋，就是我的初心。

二

"那碗荷包蛋面，可真好吃啊"，说这话时，朋友的嘴里，似乎溢出了口水，"有一回，看小说《白鹿原》，读私塾的黑娃，意外获得鹿兆鹏偷偷给的一颗冰糖，放到嘴里后，因为太甜，哇的一声竟哭了出来。那一刻，我脑海里浮现的，是妈妈下的荷包蛋面。"

这么多年，无论走到哪里，我都无比怀念那碗荷包蛋面，也都记着妈妈曾经说过的话。

读书求学，我未敢有丝毫懒惰，总相信勤能补拙。

因为我记得，妈妈在家里每天一个一个积攒鸡蛋，自己却舍不得吃，隔段时间要拿到镇上换钱，给我凑学费，那里面满是辛酸！

由于是零散兑换，常常没整钱。高二有一回，学费500多，我整整掏出了一薄膜袋子钱，全是一两块、五块、十块的。

班主任清点了足足十分钟，整个教室里，鸦雀无声。毕业参加工作，我依然不敢有丝毫懈怠，老实做人、踏实做事。

因为我时常会想起妈妈，想起那离家的清晨，想起那碗热气腾腾的荷包蛋面！

我常觉得，那金黄闪亮的荷包蛋，饱含着妈妈的牵挂和嘱托，承载着妈妈深情的目光。

人都说不忘初心，我既然念念不忘，这荷包蛋，不正是妈妈赐予我的初心吗？

四

朋友继续讲开来。

这些年，家里条件是越来越好了。但妈妈一直还守在老家，即便父亲多年前已因病去世。

也来深圳住过两回，总不习惯，总记挂家禽和菜地，担心受托的邻居照顾不好，没几天，便央求我买返回的票。

妈妈跟我讲："城里好是好，但我待不惯，我总要回到老家，心里才舒坦，才觉得踏踏实实。这辈子，是离不开咱们的小山村了。"

或许，妈妈也有她的"初心"，无非就是那个小山村，那些鸡鸭鹅，那些菜畦地，那些山竹林，那些水稻田，那些生她养她、帮她抚儿育女的黄土地。

我想起了一句话——"原乡人的血，必须流返原乡，才会停止沸腾"。

岁月不居。在外打拼，人情冷暖，世事维艰，见惯了各种熙熙攘攘的"脏乱差"。

愿你出走半生　归来仍有故乡

薪酬、职位、爱情和家庭，欺诈、不公、中伤和背叛，彷徨、痛苦、困惑和迷失，哪一样都曾让我遍体鳞伤、憎恨世界、怀疑人生。

但只要一回到家中，吃上妈妈做的那碗荷包蛋面，我就能立马满血复活。

我常自嘲，出走半生，只需一碗荷包蛋面，归来仍是少年。

"你说，这小小一个荷包蛋，听上去既不高大上，也不伟光正，能算是'初心'吗？"朋友最后反问我。

我从沉浸的思绪中醒来，过了半晌，才回道："兄弟，什么是初心，这是我听过最动人的答案！"

此心如月

———

我一位远房兄长，事业顺风顺水，30来岁便身居要职，春风得意。

谁料前几年，因一次轻信闯祸，造成单位财产损失，差点锒铛入狱，人一下子廋了十几斤。离职后，他近乎销声匿迹了——大家以为，一蹶不振了。

前不久，偶然再遇。竟发现，他又满血复活了——投奔一家科技公司，归零起步，深耕数年，如今已是公司中层骨干了。

酒过三巡，我好奇心起，直言相问，是如何走过那段困境的呢？兄长淡然一笑，卖了个关子，看见我新换的头像么？

我打开他微信，是一幅字，念了起来：人言歧路易亡羊，我至歧路不自伤。心境当随天上月，为环为玦总清光。

好境界啊，我由衷赞叹！

兄长浅呷了一口，是啊，那段时间，真的好难，绝望、沉沦、怨天尤人，无数次想要放弃。直到机缘巧合，遇见了这幅字，就像遇见了新光，我心底突然活泛起来。

还记得我们初中学过的《桃花源记》吗？兄长问。当时的心情，和武陵人初遇桃花源的豁然开朗，是一模一样的！是啊，月有阴晴圆缺，人生何尝不如此。但月亮并不因圆缺而气馁，总是孜孜散发一样的清光啊。

月且如此，人何以堪。就这几句话，一直在默默激励我、陪伴我、帮助我，使我终于走出那漫长暗夜。

说完，兄长一饮而尽。

归来，我亦久不能静。

兄长的话，始终萦绕在我脑海。我深知，简单文字可蕴藏世纪伟力。可谓听君一席话，胜读十年书。

百度一下，此诗出自武大老校长陶德麟先生之手。20世纪60年代，35岁的陶德麟，已是武大哲学系教授新星，却几乎又在一夜间，被下放农村"劳动改造"。这首诗，正是在那异常艰难的岁月里写就，也是先生逆境中不甘沉沦的心境写照。原诗略有不同，后来做了修改，现亦予抄录：

临歧自古易彷徨，我到歧前不自伤。心境常随天上月，如环如玦总清光。

古人云，"大道以多歧亡羊"。岔路太多，选择太繁，人便容易迷失方向，一不留神走错路、走弯路。但那又如何呢？最重要的是，不必彷徨，不言放弃，更不甘沉沦。无论何地、何时、何境，做人做事，便当此心如月，本色不改！

就像月亮，不管是新月、峨眉月、上弦月，还是满月、下弦月、残月，不管是春夏秋冬，还是大江南北，总是清辉如许啊。

三

月盈则亏，盛极而衰，是大自然铁律。

近一千年前，东坡居士就直言相告，"人有悲欢离合，月有阴晴圆缺，此事古难全"。

人生一世，草木一秋。任凭谁，也逃不过生老病死，免不了酸甜苦辣。没有谁能永处顺境，一直平步青云。大多数人一生，都像极了一条抛物线。我们无法改变自然规律，却可以一生坚守内心的戒律。

此心如月，总有清光。

就像东坡居士，那年谪贬黄州，有天在郊野遇雨，同行都觉得十分狼狈，唯有他感知到了趣味，并写下：莫听穿林打叶声，何妨吟啸且徐行。竹杖芒鞋轻胜马，谁怕？一蓑烟雨任平生。

而这几句，也像极了东坡一生。这位苦难的诗人，青年丧母、中年丧妻、老年丧子，遍尝人世三大最苦。

40岁后，连遭三次谪贬，差点丢了性命，不但官越做越小，地方也越来越偏僻，先贬黄州（今湖北黄冈），再贬惠州（广东），卒贬儋州（海南）。

但这又能怎么样呢？东坡居士旷达乐观的胸襟，对理想的执着追求，一生未曾因此改过。无论在哪，他照样带领百姓治水患、兴农耕，修桥铺路。

62岁放逐海南，那还是一片荒蛮之地，他领头开凿"东坡井"，解决百姓饮水难题，又兴办学堂，成为当地文明开化的拓荒者。

而他的心境，不为外惑，总是那么乐观向上、率真豁达。在黄州，在东坡找了块荒地（后自号"东坡居士"），开垦耕种，还发明了特色菜"东坡肉"；在惠州，好甜食的他喜不自禁，"日啖荔枝三百颗，不辞长作岭南人"；在儋州，他以此为乡，打算埋骨斯处，"我本儋耳氏，寄生西蜀州"。

这位东坡居士，坎坷而又传奇的一生，不正是"为环为玦总清光"吗？！

四

又是一年团圆夜，心到中秋如月明。

中秋佳夜，我们欢聚、赏月，一诉离别衷肠，话尽家长里短。但正如月圆了又缺，我们也将聚了又散。

在未来无数个打拼的日夜，我们风雨兼程，时而孤独、时而无助、时而迷茫，也会遭遇无数险滩关隘，受尽挫折、经历失败，在灯红酒绿中常常找不到方向。

但请记住，世间并无完美，境况千变万化。唯有此心，常当如月！

我们或许无法改变世界，但可以坚守自我，以更积极的心态面对。就像月亮，为环为玦，总放清光。

　　在砥砺奋进、不断成长的征程中，要初心如一，永不放弃对真善美的追求，始终清辉几许，默默努力发光，既不刻意强求，更不轻言放弃。

　　此心如月，可鉴光明！

一碗腊猪脚，可以慰乡愁

今日下班路上，忽想起都快入夏了，家里冰箱中，还剩半袋腊猪脚，顿生绵绵馋意。

兴致一来，不再犹豫。遂转入附近菜市场，采买青椒、蒜苔、陈皮、八角、姜葱蒜等等，兴冲冲赶回家中。

腊猪脚是春节离家时，父亲塞进行囊中的，担心我没砍骨刀，还帮忙切成了一块一块。

做法，自然得依家乡习俗。先解冻、洗净、入锅焯水，煮掉浅层烟火之色，捞出再过水、微晾干。随后，放入高压锅，添加十三香粉包、桂皮、八角，开火慢炖。趁这空挡，准备配菜、佐料，并将青椒、蒜苔炒至七成熟，装碗备用。

二十余分钟后，散气、开锅，将香气扑鼻、外酥内软的腊猪脚捞起，再过冷水、晾干，食材这才准备停当。

这时，才开火、烧锅、热油，继而倒入姜蒜煸炒香，再接续倒入腊猪脚、青椒、蒜苔，边翻炒，边添酱油、料酒、陈醋及一众香料，五分钟后，香汁欲滴、色泽红亮的腊猪脚便出锅了。早已饥肠辘辘，赶紧装上满满一碗米饭，夹一大块腊猪脚，狠狠往嘴里一送，那滋味，别提多么幸福满足。

尚在嘴边时,一股独特浓郁的腊香已冲入鼻中,沁人心脾;放入嘴里唇舌压感,外焦内软;咬上一口,油而不腻,糯软中不失嚼劲,齿颊间的甜香,从牙缝直像闪电一般,瞬间传递到舌根、喉咙、肠胃,然后钻入心底,浸入脑海,深入骨髓,浑身不由自主地欢喜、满足、回味。

大快朵颐间,少不得连添三碗米饭,直吃得酣畅淋漓,吃得心满意足。

而此时、此心、此情、此景,也仿佛在这一道腊猪脚的家肴中,穿越回童年、回到昔日故乡。没错,这是记忆中的味道,更是童年的惦念,任凭时光流逝,永难磨灭。

故乡之远,童年之久,那一方水土之上,父母用祖辈传承下来的古老制作方法,用一道腊猪脚的色香味,栽种下游子一生牵挂的乡愁。

如今,人到中年,千里远行,唯有这碗腊猪脚的滋味,一直不曾改变。正如乡愁的滋味,始终萦绕在心头,腊猪脚的香美紧紧将舌尖包围,乡愁也随之在舌尖品砸浸润,融进血脉。

记得20世纪90年代初,还是书信往来鸿雁递情的古朴日子。我的细叔,彼时不过十七八岁,便弃学南下远行东莞,打工于一家电子厂的流水线上。

他常给小学生的我写信,再由我逐字逐句读给爷爷奶奶听,那里面常有"寄来的腊肉收到了,在宿舍炒了一盘,好香,一口气吃了三大碗饭"的句子。

那时年少,总觉不解,腊肉哪有新鲜肉味美呢?

如今，在南国半世浮沉，才知那滋味最能过旧、最暖心胃。走得再远、吃得再好，灯红酒绿繁华走遍，抵不过的依旧是那简朴的乡味。我们眷恋着故乡，不仅因那故土、故人、故事，更因那故味——味蕾细胞的记忆，肠胃深处的慰藉，深刻在脑海镌印于心上。

走到远方，才晓得，真正的诗意只在故乡。正如此刻这碗腊猪脚，才是真正闻得着吃得上的乡愁。

所谓：一碗腊猪脚，亦可慰乡愁。

乡音犹似昨，此身不少年

———

年少时，渴望出走；经年后，终要回家。

回到阔别许久的故乡，不管你是否愿意，仔细打量，很多人和事，恰似浮云聚散、瞬息万变。

我见故乡犹不识，料故乡见我应如是。昔时青涩少年，今日油腻大叔；曾经志在千里，如今倦鸟盼巢。

发际线后退，身材臃肿变形，少年的白皙粉嫩脸庞，早已沦陷为眼角纹和脸褶子，唯一不曾变的，怕只剩下一嘴浓郁乡音了！

岁月白驹过隙，人间沧海桑田，你我物是人非。最难改者，唯有乡音！

乡音多情，却执着专一。到底多难改？

公元 744 年，86 岁告老还乡的贺知章，回到阔别 50 载的故乡，写道：少小离家老大回，乡音无改鬓毛衰。儿童相见不相识，笑问客从何处来。

近两万个日出日落，唯有乡音，才是门前那一泓"镜湖水"，"春风不改旧时波"！

二

乡音，是故乡刻在游子身上的"胎记"。

我的故乡江南丘陵小村，湘鄂边境，有"十里不同音、百里不同俗"的说法。

小村上下，一山之隔，便有两种不同发音。比如"十"字，在我们小村，读"sì"；山下村，则念作"shèng"。我的母亲隔了十几座山，远嫁父亲（几十里路当时已算远嫁了），对这个"十"字，一家人打字牌时，依旧各读各音。

当然，这种大同小异的音差，并不影响日常交流。不像我到南粤十多年，听起广东话，仍是鸡同鸭讲。

据考，乡音最多的江西省，多达十几种方言、数十种音调。我的故乡，恰属湘语和赣语交叉地带，地理上瓜葛丝连，你中有我，我中有你，山上山下两种音，也便不足为奇了。

而于我，生于斯、长于斯，自襁褓之中起，便天生精通了这一门"语言"！长大求学，虽然也学会普通话，还能冒几句英语，然而，无论老师如何纠正我的发音，却总难掩掉那浓重的乡音。

以至每与初识者打交道，总被人辨音识籍，问：你是湖南人吧？点头之余，不禁想，岁月从不败乡音。这一口浓重乡音，该是故乡予我最深的烙印了！

三

乡音犹似昨，此身不少年。

说实话，求学时，逢上英语听说或演讲比赛，我也曾为这固执难改的口音，尴尬、苦恼甚至自卑。

工作多年，功业未成，心中知晓，终归是怨不得这一口乡音的，慢慢也就不以为意了。如今，年近不惑，念旧思乡之情日浓，敝帚自珍，对这乡音，竟顿生亲切的与有荣焉之感了！

平日工作生活，异乡里一色普通话。要说几句家乡话，得打个电话给爸妈或故乡的亲友，不然这门独到的"语言"技艺，也怕日久荒废。

也因此，乡友群、亲人群、小学初中高中同学群，里面有时突然冒出数十条聊天语音，虽无非是鸡毛蒜皮、家长里短，但只要有空，我定是要一条一条聆听的。

乡音在耳，如天籁之音款款袭来，说不出的舒坦，道不尽的解愁。而一旦你回到故乡，肆无忌惮抛却山外花花世界，融入浓浓乡音中时，你才发现，这里才是你的根。

纵然，故乡小村的旧屋已多半坍塌，小学教学楼已然废弃，田地荒芜，山间杂草疯长，人们大多住到镇子上，盖起漂亮的小楼，但那满口的乡音，却竟是一点也没有变化。

回到故土，重拾乡音，就像游子重回母亲的怀抱，就像得遇多年的老友，久违而熟悉，忐忑而亲密，顿然有种错觉，似乎此生此身从未离开。

也只有在这样的语境里，你才彻底卸下所有的伪装和盔甲。取而代之，是直白、坦诚、轻松、亲切！

你，这时才是你。城里，你是李总、谢总、张总、Lily 菲、

愿你出走半生　归来仍有故乡

jor 姐；此刻的你，是狗剩、铁蛋、翠花、小李子。

你，这时才真正属于你！

四

俗话说，乡音到耳知家近。

每次过年回家，还在火车上，便能不时听到大同小异的乡音了，就像轰隆隆的铁轮声，滚滚奔向家乡。

待得到站下车，出检票口，接车的、揽客的，嚷嚷闹闹，扑耳而来，全是熟悉的乡音，好生温暖！心暖暖想，到家了，到家了！

这乡音，不只是我们来到这个世界的最初沟通方式，也是每次和家乡重逢时的"暗号"，更是这世间最美妙动听的音乐了！而在异乡，偶然听到乡音，有种格外的亲切和信任。

有一次，我带母亲出门，地铁上人多，只好站着。忽然，旁边坐着的一位帅哥，用家乡话为我妈让座："嗯啦噶来坐"。"嗯啦噶"，在我们家乡，是"您老人家"的意思。

老乡见老乡，一阵惊喜，除了道谢，便用家乡话聊起天了，果然，和我妈同属一个镇子。

后来，还加了微信，成为他乡新友。乡音，瞬间拉近了陌生人之间的距离！

这也提示我，不管岁月更迭、身在何处、人事不再，乡音，这独一无二的语言，是要伴随我们终生的。

她是我们一生不可割舍的根，始终证明着我们的来处！

谁还记得自己也曾是小孩呢

——

六一前夕，央视《朗读者》邀请到演员刘烨，在以"纪念日"为主题的这一期里，为大家诵读《小王子》。

柔软的音乐声里，刘烨磁性、温润、真诚、性感的东北味嗓音，就像冬日里的阳光，一下便将你照进漫无边际的童话世界里。

纪念日，顾名思义，这是在向"六一儿童节"致敬！

六一，不仅是儿童的节日，也是每一位大人的"纪念日"——我们都曾是小孩，不是吗？

只是，我们这些大人，谁还记得这件事呢？恐怕早已忘却，所以才有了纪念的缘由。

今天，让我们一起重温《小王子》——请记住，你也是一位"小王子"，只不过年龄大些而已。

祝你六一儿童节快乐！

愿你出走半生　归来仍有故乡

二

看见小王子，就像看见满天繁星。

《小王子》，全文不过 25000 字，却是世界史上的第二畅销书，第一是钦定的《圣经》。

法国作家安托万·德·圣·埃克苏佩里，于 1942 年完成了这个短篇。他一生著作仅 7 部，最长一部也不过 200 页，却因此入祀法国"先贤祠"——那里供奉着法国 200 多年来的 72 名先贤。

要知道，栖身先贤祠是至高殊誉，条件严苛，就连享誉世界的巴尔扎克、莫泊桑、笛卡尔等，至今仍不得其门。

《小王子》之所以能诞生在法国，是因为这个民族懂得《小王子》作者的伟大。

所以有人说，阅读《小王子》，就像夏夜躺在宽阔平静的湖面，只看见满天繁星点点。

三

所有的大人都曾经是小孩，可惜记得的人太少。

在小王子还没来到地球之前，作者——"我"，一名飞行师，先讲述了自己从小的困惑——他在大人的世界里，没找到一个说话投机的人。

飞行师 6 岁的时候，看到一本书上说一条巨蟒，吞食了一头大象，于是他拿起了画笔，画出了"1 号作品"。

他拿去给大人们看，问他们害不害怕，大人们笑着回答："为什么要怕一顶帽子呢？"

没办法，他只好画出了剖面图"2 号作品"，再拿给大人们看——因为"大人们总需要别人对他们多加解释"。

然而，大人们看完作品，都劝告他，不要画什么巨蟒图了，应该好好去学习地理、历史、算术和语法。

从此，他彻底放弃了当画家的远大理想，成年后以驾驶飞机为职业。

近百年过去，似乎更变本加厉了。

今天的大人们，天天拿着各种作业"压迫"孩子们，而不管他们真正喜欢什么、需要什么。

我们不但忘记了自己曾是小孩，还希望小孩们尽早忘记自己是小孩。

大人，总以成人世界的世俗眼光，将无数孩子们的梦想扼杀在摇篮之中。

四

想象力是人类进步的唯一源泉。

但这位飞行师总不死心，他偶尔仍会拿出"1 号作品"，遗憾的是，答案总是一致："这是一顶帽子"。

于是，飞行师只好不谈蟒蛇、原始森林、星星月亮，改谈桥牌、高尔夫、政局和领带。

直到有一天，他遇到了小王子——一个住在只比一座房子稍大的星球上的天外来客。

小王子看了"1号作品"后，竟然说："我不要一头在蟒蛇肚子里的大象，一条蟒蛇太可怕，一头大象太庞大太拥挤！"

小王子请求飞行师为他画一只绵羊。

飞行师勉为其难，先后画了三只羊，小王子却频频摇头。

最后，飞行师不耐烦了，信手涂鸦，画了一个箱子，开了三个气孔，告诉小王子，"你要的那只绵羊就在箱子里了"。

没想到，小王子竟破涕为笑，"这正是我想要的小绵羊！瞧，它在箱子里睡着了。"

爱因斯坦说："想象力比知识更重要，因为知识是有限的，而想象力概括着世界上的一切。"

童心未泯的孩子，是最富有想象力的，他们对未知事物的好奇、探索、联想和创造，远远超过长大后的全部人生。

美国一个权威咨询机构调查结果表明：

孩子1岁时，想象力、创造力高达96%，可这种情况在7岁上学以后发生逆转。到10岁时，孩子丰富的想象力、创造力只剩下4%。

更悲哀的是，我们的孩子，在"决不能输在起跑线上"的焦虑中，被应试教育和"各种培训辅导挤压，已越来越"早熟"了。

还是一个权威的调查数据，显示：中国孩子的计算能力排名世界第一，想象力却排名倒数第一，创造力排名倒数第五。

这不能怪孩子，要怪我们这些大人们。

五

只有孩子知道自己要什么。

小王子初到地球的时候，曾遇到过一个火车扳道工。

小王子说："这些旅客真是急急匆匆啊，他们要追赶什么东西呢？"

扳道工回答，"他们不追赶谁，都在车厢里睡大觉呢，只有那些小孩，把脸紧贴着玻璃朝车外观看"。

小王子说："只有孩子才知道自己要寻找什么"。

他还遇到过一个商人——专门出售一种生津解渴的药丸。商人说，这种药丸，每个星期吞服一粒，就不会感到口渴，每周可省下 53 分钟。

"那么，拿着 53 分钟干什么呀？"

"干自己想干的事呗。"

"要是我呀"，小王子似乎自言自语，"我如果有 53 分钟可以随意支配，那我一定慢慢地朝一口水井走去！"

今时今日，天下熙熙皆为利来，天下攘攘皆为利往。

我们是否走得太快了，忽略了身边美景，忘记了初心？

我们披星戴月忙赚钱，希望给家人更好的生活，却忘记了家人最需要的是陪伴。

我们加班加点透支身体，希望事业更有成，却忘记了健康才是最重要的事业。

我们行色匆匆，恨不得吃饭的时间都省下，从不曾停下仰望

愿你出走半生　归来仍有故乡

璀璨星空，分明已忘记了活着的意义——不就是为让生命更绚烂多彩吗？

我们，总叫喊活得太累了，却从不曾放下——总被世俗的名利之鞭，抽得像个小陀螺一样。

不由得想起了一个段子：有个富人，在沙滩边悠然享受着阳光，他发现身边躺了个乞丐，问：

——这么好的天气，你为什么不去工作？

——干吗要工作？乞丐不以为然地说。

——不工作怎么能赚钱？

——赚钱有什么用？

——赚了钱，才有资格像我一样在这美丽的沙上，气定神闲地晒太阳啊！

——哈哈，大老板，可是你瞧我，现在不也是和你一样在晒太阳吗！

心灵的富裕，才是真正的富裕！知道欲求的本真，乃是真正的通达！

只有孩子知道自己要什么，因此，也只有孩子才能够无忧无虑，无缘无故地开心！大人们，总喜欢紧锁眉头、板着个脸。

六

你永远想不到大人世界有多庸俗。

在离开自己的星球后，小王子——拜访了这个星系的另外六颗小行星。这些小行星，都只能住下一个大人。

第一颗小行星，住在一位国王，他连一个臣民也没有，却喜欢天天发号施令。

小王子控制不住想打哈欠，国王说："我命令你打哈欠"；小王子想提问，国王抢先说："我命令你向我提问"；小王子觉得无趣要离开，国王赶紧大声下最后一道命令："我命令你当我的大使。"

试问，我们是否也活在自己的王国里，沉浸于哪怕一丁点的发号施令的权力？

我们总喜欢别人遵照自己的意愿，将自己设置为宇宙的中心。

第二颗小行星，住在一位虚荣心极强的自大狂。

他对小王子的第一句话是："哈，一个崇拜我的人来采访啦"，他让小王子左手拍右手（鼓掌），好让自己摘下帽子挥手致意。

试问，我们是否也对奉承讨好、明知虚假的话，甘之如饴？

第三颗小行星，住在一个酒鬼，他不停地喝酒，只是为了忘却因为喝酒而感到的羞愧。

试问，我们是否也沉醉于某事某物（酒精、熬夜、手机、麻将、游戏、权色），昏天暗地，却还在用这些事物本身麻痹安慰自己？

第四颗小行星，住在一个生意人，贪得无厌，一刻不停地计算着自己的财产。

试问，我们又何尝不是如此，天天计算着收入多少，房子几套，车子什么牌子？

第五颗小行星，住在一个点灯人。他貌似尽职尽责，却循规蹈矩，不知道因时因势改变。看似勤劳，却永远在做着无用功。

试问，我们的世界、我们的身边，很多人不正是如此吗？

日复一日，年复一年，毫无意义地消耗着岁月。

第六颗小行星，住在一个地理学家。他埋头著书，却从不曾出门，因为"我手下一个探察家都没有。地理学家是不去计算城市、河流、山脉、海洋、沙漠的。"。

试问，我们是否也曾不停地策划、研究、思索，反复计划、论证，却总是束之高阁，从未付诸实践？

七

愿你出走半生，归来依旧童心。

初到地球时，小王子在沙漠中最先遇到一条蛇，问："地球人在哪儿？沙漠里可真有些孤独啊！"

那条蛇回答："有人的地方，一样孤独。"

记得有句话："狂欢，是一群人的孤独"，而看金庸《射雕英雄传》，对老顽童的纯真天性，尤为钟爱。

永葆童心的人，才是真正有趣的灵魂。

因为童心的丧失，我们变得如此孤独而又庸俗；因为初心的丢失，我们变得如此焦虑而又迷茫。

在这个愈加纷乱繁杂却又机械无趣的丛林世界里，愿你愿我，永远存留那份童真和初心，永远记得第一眼看世界时的心动。

希望，如果我们老了，那也只是一位年纪大了的"小王子"，而不是一位"大人"！

愿你出走半生　归来仍有故乡

曾以为一辈子的QQ

一位好友来电：在QQ上留言了，怎么没见回复？

我这才发现，已有十多天没登录过QQ了。

曾经，我以为QQ是要用一辈子的。

记得1998年左右，住校的身轻矫健的我们，翻越围墙，到镇上新开的网吧包夜，乐此不疲地注册QQ号，通宵达旦地与天南海北网友聊天。

那些"滴滴"的消息提示声，就像天籁之音；那些欢快跃动的好友头像，正如世间最美的图画；那种新奇兴奋感和冲击力，堪比最刺激的荷尔蒙。

有一位同学，甚至抢注了10来个QQ号（都是5位数、6位数的短号），一本正经说要留给子子孙孙使用。有一阵，那些超短号估值还挺高，但现在，也全不值一文了。

读大学、参加工作，QQ也是维系日常沟通的主要工具。

但这两年，QQ是打开得越来越少。我粗略估算了一下，自己今年登录的比例，可能十天半月一次，大多是一些数据大的文件，要登录QQ邮箱接收。

原因很简单，QQ有的功能，微信全有；微信有的，QQ却不一定有。优胜劣汰，自然规律也。

不禁想到古人的教诲，比如"长江后浪推前浪，浮事新人换旧人""沉舟侧畔千帆过，病树前头万木春"，又如"但见新人笑，哪闻旧人哭""阁中帝子今何在，槛外长江空自流"。

世事变迁，新陈代谢。曾经的雕楼画栋，最终沦为荒野的枯井废园。曾经的盛世王朝，最终一样摧枯拉朽。曾经显赫一时的盖世英雄，最终不过荒冢一堆草没了。

不独 QQ，这世间，又有谁能逃此劫不再轮回？传奇总会落幕，更何况，我们只是众生、只是凡人。所以人问，谁将是下一个"微信"（替代者）？而这一个"微信"，何时又是末日？

还记得那句"左手拿着诺基亚，右手拿着摩托罗拉"吗？曾经，我们以为诺基亚、摩托罗拉是要用一辈子的。

还记得健力宝、柯达、乐凯、录音机、磁带吗？曾经，我们以为它们是要红火一辈子的。

但时光的列车一晃而过，寥寥数载，已成过眼云烟。不是我不懂，是世界变化快。

在科技界，有一个特别著名的"摩尔定律"——由英特尔（Intel）创始人提出：当价格不变时，集成电路可容纳元器件数目，每隔 18 月增加一倍，性能也将提升一倍。科技进步的速度，恰如人事变换的速度。

曾经，那些爱人、恋人、师长、兄弟、闺蜜、朋友、同事，我们以为要爱一辈子，陪伴一辈子，现在大多随远风散落天涯，只停留在通讯录里，成为前任，形同陌路。

愿你出走半生　归来仍有故乡

偶尔不死心，翻了几遍通讯录和聊天记录，却再也找不到蛛丝马迹。有的，甚至隔着生死。

你上一次夜深人静铺开信笺，和远方的朋友一述衷肠是何时？你上一次用手机号码发送短信息是何时？你上一次翻阅报纸手捧纸质书是何时？

或许，这就是宿命。速成速朽，方生方死，更迭加速，瞬息万变。

曾经，我们有很多个曾经。但现在，我们只剩下现在。

怎么办呢？"一快一慢"。

"一快"，懂得学习，不断革新自我。

据说，微信是腾讯内部专门针对 QQ 开发的一个替代性产品，也就是说，自己革自己的命。或许，这予人的启示是，唯有内在的生命张力，方能更加持久。

正所谓：苟日新，日日新，又日新。

"一慢"，坚守内心，不忘初心。

正所谓，初心易得，始终难守。有些事情，不能追，只能等。木心的《从前慢》，此中便有真意：

记得早先少年时

大家诚诚恳恳

说一句是一句

清早上火车站

长街黑暗无行人

卖豆浆的小店冒着热气

从前的日色变得慢

车，马，邮件都慢

一生只够爱一个人

从前的锁也好看

钥匙精美有样子

你锁了人家就懂了

  一辈子很长，一辈子很短。情长纸短，情长时更短。

  曾经，我们天真、认真、痴迷、狂热，但终将归于孤独寂寞平淡，最后只剩孤家寡人。

  但在这"一快一慢"之间，你大可从容不迫、气定神闲。

  因为，只要你在那里，便是长久陪伴，便是长情告白，便是安好晴天。试问，世间万物，还有什么比这更重要的呢？

愿你出走半生　归来仍有故乡

我的阅读"趣史"

今天，是一年一度的"世界读书日"。

受制于疫情，待在家里的时光多了，读书——这一因繁重工作曾久已荒废的习惯，竟得以旧梦重拾。

阅读之余，偶会想起那些年缺乏读物、却又对阅读如饥似渴的岁月。之所以敢托大称之"趣史"，一则赶个时髦，二则乡下孩子的课外阅读，内中确有不少辛酸而又饱含趣味的往事，虽是流水账，却也很值得一记。

我常常想，那会儿的阅读，可能是人一生之中最纯粹的阅读吧。不求甚解、不图所获，只为取悦自己。

那时，虽然村子里的老人们也经常念叨"万般皆下品，惟有读书高""书中自有黄金屋、书中自有颜如玉、书中自有千钟粟""开卷有益""人不读书蠢如猪"，但一个小屁孩，远还理解不了那些所谓的好处，纯粹是出于对外面世界的好奇、出于阅读的快感，而见书则喜、手不释卷！

那会儿读书，眼力尖、体力好、记性强，常能通宵达旦、一目数行、成段背诵。每遇好书，如旱地逢甘霖，颇有一股不读到最后一页誓不罢休的劲头。田间地头、砍柴山上、担水路上、木窗桌前，春天的草地坪、酷暑的翠竹林、秋天的桐树下、冬夜的塘火旁，都曾读过书、背过书。

如今，工作已逾十数载，读书的功利之心日渐消退，买书、读书也渐凭兴趣使然，恍惚之中，竟又觉回到了小时候，不以其他种种为目的，纯为取悦自己而读书，这大概就是阅读的一种返璞归真吧。

风吹雨打，半世读书，终归是要"看山仍是山、看水仍是水"。

二

第一本课外读物——《三国演义》。

我在《讲古》一文中曾回忆，那会贫瘠如水、上学要缴的学费尚且时常拖欠的乡下，孩子们除了正规课本，几乎找不到多少课外读物。幼龄的我，每次到姑妈家，总会将高我几年级的表哥表姐的语文、历史等课本翻出来，捧在手心，如获至宝。

高年级的课本，可能是我最原始的课外阅读书——当然，这仍然只是课本。

记得小学五年级时，电视剧《三国演义》在中央电视台热播，村子里已有人家买了黑白电视机，每晚 8 点多，孩子们都会准时聚在一起。

看千里走单骑，看赤壁之战，看空城计，觉得每一集，都是那么精彩纷呈，老人们在旁边还会边看便讲解章回的来龙去脉（类似于今天的足球讲解员），一下子就为面朝黄土背朝天的孩子们打开了另一个世界。

回到家，我便缠着父亲，表达着希望买一本《三国演义》。

不记得父亲提出了何种苛刻条件，总之，我竟然应诺做到了。那年冬天，守信的父亲特意去了县城图书馆，给我买回一本硬封装的《三国演义》。

我记得定价是八块四毛五，那会儿，一本书要这个价，可不是个小数目，父亲也是痛下了血本。捧着厚重的一本，我激动不已，仔细反复擦拭，小心翼翼地翻着，睡觉都要搁在床头，生怕把书弄脏了、弄坏了、弄丢了。

根据父亲答应买书的条件之一——要我认识这本书上所有的字，我初读此书，一本新华字典放在旁边，随看随查随记。由于书属古典，生僻字太多，往往一页上注满了拼音，密密麻麻，还有很多生字不认识。这样读了十几章，童心受到极大考验，我终于无法忍受了，嫌太累不过瘾，不再顾忌和父亲的约定，跳过那些生僻字的障碍，但求其大意，这才一气呵成，读到了底。

这本《三国演义》，伴随了我整个童年，读数应不下 10 次。直到高中，闲暇时我仍会常常翻看，每翻一次，都别有一番新悟，内中不少句子，迄今仍记得清晰。

比如，三顾茅庐那回，刘备垂手静立门外，诸葛亮却仍顾着自己的回笼觉，醒后伸个懒腰，张口便吟出的一首诗："大梦谁先觉，平生我自知。草堂春睡足，窗外日迟迟"，只觉满满的诗意和惬意。

多年后在心中，这仍是我认为的睡眠最佳境界。

三

稍长，则是小说打开了一扇窗户。

初中时，开始在十数里外的小镇上住校，我的一位同桌，总是租来各种各样的小说，大抵是武侠、言情之类，下课了固然目不转睛，上课时也是或夹在书桌和双腿之间，或垫在课本下面，"偷梁换柱""暗度陈仓"。

时间长了，待他看完，我也讨来阅读，但具体是什么内容，大多已不记得。即便使劲回忆，也只依稀记得其中一本是玄幻类武侠小说，男主角一路奇遇，有次被一条巨蟒吞进肚子，却在肚子里吞食了能增进百年功力的"龙胆"，然后破肚而出。之所以记得这个细节，大抵因这个想象力，当时绝对突破了自己的认知。

到了高中，才有了借课外读物的主观能动性。那会儿的阅读，一是在学校的图书馆，每周二下午可以去借书，每次一本，一周内归还，但那些书是没有小说在内的；二是去校外的书店租小说。

班上男生，大都喜欢武侠小说，女生则偏多言情，大家都去租书，然后相互借阅，形成了一个强大的课外读物库。

也就是那时，金庸、古龙、梁羽生、琼瑶等名家小说全套，一本不落，囫囵吞枣般，悉数读毕。

这些小说江湖里的恩爱情仇、世事百态、人情冷暖、尔虞我诈，让一个未经世事的少年，足不出户、身未历练，却开始试着读懂这个世界。

难能可贵的是，这些小说章节里，多楔有古诗词、古文化，给爱好诗词的我，于剧情之中更有一番享受。金庸自不必说，纵横捭阖，家国天下，即便琼瑶，《庭院深深》《月满西楼》《在水一方》《却上心头》等，看书名，也知定然是一首情深意隽古诗词的故事解读版。

记得那会，上自习时，也是和老师斗智斗勇，见缝插针偷看小说，有时痴迷到极点，浑然忘了书外世界，被老师发现了，缴书，是常有的事。我家中现仍存有一套残缺的《倚天屠龙记》，一套4册，独缺了第3册，原因就是第3册被一位老师给没收了，记得当时在租书店交了20元押金，去退书时老板说缺了本不给退，无奈只好权当20元钱买下，心疼了好久。

有一回，一位老师搬家，喊了我们好几位同学去帮忙，其中有好几箱书，全是小说"孤本"（一套的书，却只有一册），但有些不同出版社的"孤本"，有些也能勉强凑成一套。小伙伴们钦佩羡慕不已，暗自揣测，这怕是老师多年缴书的"战利品"吧。我甚至由此生出了以后也要当老师的宏愿，以后也这样缴学生的书，珍藏着自己看，现在想来，令人忍俊不禁。

毕竟是高中生了，也不全是看武侠言情，开始接触纯文学类书籍。校外的街头，常有摆地摊卖盗版书的商贩，某某文集，厚厚一本，十块八块，就是从那会儿开始异常盛行的。

通过自费购买和交换阅读，先后读完了《余秋雨全集》《路遥全集》《席慕蓉全集》《汪国真全集》《贾平凹全集》等。尤其是路遥的《平凡的世界》，班上很多同学都读得如痴如醉、泪雨纷纷。记得我还曾买了一本《鲁迅全集》，被隔壁班的一位初中兼高中同学借去，一直未还给我，让我耿耿于怀许久——所以，"书非借不能读也"，但也一定要"有借有还、再借不难"。

另则，那会农村孩子，性启蒙大多较晚，阅读则成了完成这一神圣使命的"老师"。

有一次，不知谁弄来了一本《金瓶梅》，后来又有了《醒世恒言》，黄易的《寻秦记》，大晚上的熄灯就寝后，打着手电筒钻在被窝里急切地翻看，书中内容固然令人心跳加速、浮想联翩，被子里也是热气蒸腾，浑身上下无不血脉偾张！

当然，高中的课外读物也不全是"禁书"，毕竟高考语文作文占了60分，有些杂志，老师是稍加默许的，比如《读者》和《青年文摘》，老师并不会收缴，故每新出一期，班上同学都会像击鼓传花般传阅。我当时痴迷鲁迅，《杂文选刊》《杂文百家》也是常买常读的杂志。

高二时的班主任，姓王，偶尔会在晚自习上，为全班朗诵一篇他选出来的好文。我仍记得其中一次，读的是北大孔庆东写的《47楼207》，其中描写北大中文系同学痴迷读琼瑶，毕业分离之际，竟用琼瑶的小说名，编成一首送别诗：匆匆太匆匆，几度夕阳红。心有千千结，窗外剪剪风。

就因为这个细节，让我对象牙塔心生无限向往——那真是诗和远方的存在啊！

这位老师，在我们毕业后，听说没几年就荣升校长之位，我常暗自揣度，这或许和他爱读书不无关系。

正是在这样的阅读中，人的眼界、胸襟、情怀、见识，无形之中，已是日有精进、更上层楼。

四

转眼到了大学。

读书不再局限于备考，更不局限于课本，转而求诸术业专攻、经世济用。因所读乃管理专业，故在导师指点之下，有意识地啃读亚当·斯密（现代经济学之父）、彼得·德鲁克（现代管理学之父）、迈克尔·波特（战略之父）、菲利普·科特勒（营销之父）等系列鸿篇巨制。

因管理学的范畴甚广，又延伸到历史学、战争学、心理学等领域，叔本华、康德、弗洛伊德的书，虽然艰涩难懂，也硬着头皮啃过一些。

考虑到今后要以此谋生，兼有"不动笔墨不读书"的先训，每每开卷时，丝毫不敢马虎，总要准备一叠 A4 白纸，一页页记录下书中精华及自身领悟，往往一本书读完，也有了十数页的笔记。

当时想，这或许就是"书越读越薄"的道理吧，待到以后运用到得心应手，理解与日加深，并能结合实际另有一番心得，那才算"书越读越厚"了。厚薄之间，自有真理的分寸。

当然，大学里，只要没有恋爱，时间和精力总感觉是用之不竭的，所以少不得要读小说——毕竟，这才更有阅读的乐趣，也是打发时光的好法子。

图书馆新书阅览室有一排书柜，金庸全集、古龙全集，每一年，我几乎都要去读一遍。有个同学告诉我，国外的小说也很好看，也便略有涉猎，主要是一些经典的名著，比如《茶花女》《雾都孤儿》《基督山伯爵》《百年孤独》，比较系统读过的名家有杰克·伦敦、阿加莎·克里斯蒂、海明威等。

学校周边有个图书城，里面有不少好书。我记得有套余华全集，很适合站着看，篇幅不长，语言精练，通俗易懂，我每次去都拣起一本，看完才走，《活着》《许三观卖血记》都是那时站着读完的。

大学那会，电子书已开始流行了，主要有 txt、PDF 和 Word 版，当然，最舒服的还是 PDF 版，鼠标点起来，也接近于纸质书籍。通过自行下载和同学分享，我做了个文件夹，命名曰"一个人的图书馆"，里面有好几百本图书，其中《血酬定律》《伊索寓言》《槲寄生》《小王子》等书，常常点击翻看。

这个"一个人的图书馆"，虽电脑已更换数代多台，今天，仍还在我的电脑文件夹里，岿然不动，舍不得删掉。

五

此后经年，一回头已参加工作十数年。

从事的工作，与专业相去甚远，虽说"人生没有白读的书，每一页都算数"，但书到用时方恨少，我也不知道，工作中到底

愿你出走半生 归来仍有故乡

用到了哪些书，哪一页真正算了数。

每有工作重任压来（譬如重要会议讲话材料等），总要搜寻资料、捕捉灵感，千方百计探求任务完成的途径。诚如我的大学一位老师所言，知识应是"活的知识"，你们要学习的，不是知识，应是方法——自我学习的方法，解决问题的方法。今天仍觉得这句话让人终身受用。

工作后，也就谈不上什么课外阅读了，叫闲暇读书或许更准确。除了有意识弥补一些工作中遇到的知识短板外，主要还是依据自己的兴趣爱好。虽说电子阅读已然无限普及，但我仍喜欢捧着一本纸质书的触感。

每年，总要花销一笔不小的数去购书，其中尤以党史、军史、近代人物类书籍看得多，不忘初心、方得始终，这些书里，便藏着我们这个新时代的初心。

家中空间有限，杂物甚多，每当妻子要收拾一番，我总得叮嘱一句，我的书千万不能扔。小书房的几排书柜满了，只得打包装箱，塞进了床底柜里，任由风尘满面、岁月腐蚀。有些书，装箱时还是崭新的，不记得什么缘由买回，又因什么羁绊未能阅读，总是符合"读书不如买书多"定律了。

略感欣慰的是，如今的读书，功利之心日少，原来便没见到什么"黄金屋、颜如玉和千钟粟"，此时，大多倒也始归初心，不求甚解、不图所获，唯求一己愉悦、一心安然了。

即如培根所言"读史使人明智，读诗使人灵秀，数学使人周密，科学使人深刻，伦理学使人庄重，逻辑修辞使人善辩，凡有所学，皆成性格"，又或"你的气质里，藏着你读过的书"，于现在的我，已是江山难改，读书到底有什么目的，不过是个伪命题，大可风轻云淡、一笑置之。

　　记得小时候，村子里有个 70 多岁的老人，常戴着老花镜，在夕阳之下携椅靠墙而坐，读一些古典章回体小说，读得很慢很慢，好久才翻上一页，总给人一种时光静止、岁月凝滞的错觉。

　　你说，他那么大年纪了，还要读书干什么？

　　但我觉得，或许，那才是最真的读书。

清明宜有雨

　　一直由衷感佩，老祖宗关于时令节气的古远智慧。

　　譬如，溯自周代延继 2500 年的清明节，便恰如其分地，铺排在仲暮春之交、淅淅沥沥落雨之际。似乎每一个清明，都下着旬月连绵不断的细雨。倘若清明没有雨，便总觉得少点什么。

　　谚云：清明难得晴，谷雨难得阴。诗词里，才有了"清明时节雨纷纷，路上行人欲断魂"，才有了"听风听雨过清明"，以及"拆桐花烂漫，乍疏雨，洗清明"。

　　古人崇尚天人合一、物我两忘的智慧，在清明节气的韵律里，氤氲得如此淋漓尽致。也只有在青色掩映、密雨织网、天地一色中，人才能真切融入天地岁月、不老山川，共享这永恒时空。

　　那一刻，时间和空间，自然和人文，时令和节日，过往和现在，古老和新生，浑然一体。

　　那一刻，人们才能真正抛却世间纷扰，此心澄澈，风清景明。

　　清明，有雨，掩映行人思念。

　　天地之间，烟雨清明，满是步履匆匆、哀思重重的路人。几层烟雨里，山色朦胧，扫墓的人，或三五成群，或孤影独行，在雨中执着坚定。

像雾像雨又像风，是个最适合思念的季节了。难怪人问，"若无那纷纷清雨，是否可见那断肠行人？"

清明的雨，密密麻麻、连绵不断，让人真切感受大自然的冷和湿——而那，正是哀思亡亲故友、缅怀先祖的情愫写照。

清明的雨，让你借之以伪装，肆无忌惮，泪流满面。

无尽哀思清明雨，一滴雨，数行泪，几多愁。焉知是雨、是泪？唯有一心清明。

人生天地间，承续血脉，家国天下，缅怀先人，慎终追远，便在这一年的新雨和淡烟里，丝丝扣弦。

清明雨，如烟如缕，至细至绵，串成深深思念和淡淡感伤，才能一直落到心底。

天涯共此时。每个人的心头，也会下一场凄凄冷雨罢！

雨一直下，思念一往而情深，不知所至。

清明，有雨，润泽万物生长。

清明时节，种瓜点豆，皆因"春雨贵如油"。

梨花风起，新燕归来，柳条抽枝，新芽冒土。在春雨催发、白昼渐长、阳气回升之际，大地吐故纳新、万物复苏，一派生机益然。"万物生长此时，皆清洁而明净"。

这样的万物生长，总让人心生欢喜、满怀感恩，饮水而思源。

就像杜牧那首《清明》后两句，"借问酒家何处有，牧童遥指杏花村"，真正让人心动的，不止杏花村的醇酒，更是那象征世代传承和生命延续的牧童。

也只有经历这样的清明雨，才能在祭扫祖墓之时，亲近自然，在思旧念故之时感受新生。

才能在一阴一阳、一生一息之中，造就春和景明、万物洁齐气象；才能澄清天地，唤醒生机，使天气清朗，四野明净。

清明，有雨，洒扫心田风尘。

尘世滚打，半生浮沉。唯有这样的霏霏细雨、旬日洒落，方能洗心清气。

倘若是一阵暴风骤雨，抑或微微几滴点到即止，都无法成其为此间味道。

在书斋、在墓田、在旷野、在街市，烟雨隔世洗尘，淹没人间喧嚣，冷却人心躁动，自然也就洒扫心田、润泽心性。

待到清明绵雨尽，自更是春光明媚、天地一新。是故清明，亦是洗心之时。

这样的时令，我们追溯先祖，缅怀故人，更多的是感恩。忘记过去，意味着背叛。生而为人，当不忘来时路。

这样的时令，我们洗去尘埃，提振精气神，更多的是漫山遍野的希望。

就像这大地，四季轮回，生生不息，滋养一切，又孕育一切。生而为人，当不负好春光。

清明，有雨。

因了这"有雨"，清明节，亦是缅怀先人的祭祖节、孝亲敬老的感恩节、亲近生命的踏青节、趁时播种的植树节。

给时光以生命，给岁月以温暖，给过往以回声，这是我们共同的信仰。

清明，宜有雨；有雨，方清明。

夜窗听雨

五月，时有大雨。

偶尔，在沉睡不知归路的夜半，被屋外惊雷的声音震醒。于是起床关窗，看见天际又劈出一道长白的闪电，暗夜中林立的高楼清晰可见，随即便传来一阵好久的轰隆隆巨响。

重新躺下，再无法入睡。

望着窗外，暗夜里正瓢泼着大雨，嘈嘈切切，哗啦哗啦，狠劲敲打着这个世界裸露的每一部分。

而此刻你我，与家人相伴，安然蜷缩于一方温室的舒适被窝里，不用披风冒雨，无须逆水夜行，想一想，顿然觉得这人生暖意，大抵也莫过于此。

总觉得，在被狂风暴雨胁裹的世界里，在漆黑无边的漫漫长夜里，人才是孤独无助，却也最清醒清静，最能感知世间一切暖凉的时刻。或许缘此，千古以来，人们才这么钟情于听雨。即便今日，万水千山里，也还藏着数不清的"听雨轩""听雨阁""听雨亭""听雨堂"。

关于听雨的名诗古词，更是数不胜数。

暗夜听雨是"青灯听雨夜荒凉"；在茅庐听雨是"昨夜茅檐

愿你出走半生　归来仍有故乡

疏雨作，梦中唤作打篷声"；在屋子里听雨是"前檐看雨如银竹，后檐听雨如泻瀑"；在泊舟中听雨是"雨来闹秋江，全似茶铛沸"；在竹舍中听雨是"竹斋眠听雨，梦裹长青苔"；送别时听雨是"听尽灯前细雨声，声声总是别离情"……

宋代词人蒋捷，甚至将人生意境寄寓于三场听雨之中：

少年听雨歌楼上。红烛昏罗帐。

壮年听雨客舟中。江阔云低、断雁叫西风。

而今听雨僧庐下。鬓已星星也。

悲欢离合总无情。一任阶前、点滴到天明。

看这架势，词人这一生，多半也是人在旅途、暗夜听雨。

张爱玲说："雨声潺潺，像住在溪边，宁愿天天下雨，以为你是因为下雨而不来"，她听的是对恋人的思念。

诗人余光中，听的是绵绵冷雨，念的是无尽乡愁，一下子扫过"千山万山、千伞万伞"。

曾看过一幅画，老者端坐在堂屋上边喝茶，姑娘手里卷一本书，归来的农人从哗啦啦的天井旁走过，抖落一身的雨水，像极了生活最美的样子。

忆起幼时的五月，端午前后，正是"走龙舟水"的时节。那时，我常坐在堂屋之中，望见大门外骤雨如柱。屋顶瓦响，乒乒乓乓，屋檐雨柱，哗哗直下，村前村后，到处是小溪一样的浑黄急流。

好久没请瓦匠师傅"拣瓦"了，风急雨大，屋里好几个角落都漏雨，奶奶早已拿出盆罐，摆在那滴水的正下方，叮叮咚咚。

爷爷担心刚栽下的禾苗被大雨浸泡，戴上竹斗笠，披上蓑衣，扛着锄头，一头便扎进茫茫雨雾中。归来时，总要数说哪里又滑坡了，哪块田又堵水了，幸亏赶去挖开了。

待到雨势稍停，孩子们也出动了，拿着竹撮箕，到村前田头的水沟中捞鱼捉虾。那些因水漫过栅栏顺势从鱼塘中逃出来的草鱼、鲫鱼、鲤鱼，常成了孩子们最大的捕获。

如今，前程隔雨，世异时迁。在都市的暗夜里，卧听雨声敲打着窗棂，心也随雨淅沥流淌。风起风息，雨骤雨疏，正如观听人生的起起落落。

也只在这样的时刻，才能清晰见到那些故去的岁月和往事。

所以，听雨，也是会上瘾的。

我们常说岁月静好、现世安稳，在这样的雨夜，听一听、静一静，才算有了最真切的体悟。

后记：不是萍水不相逢

岁月不居，时节如流。

在时代的洪潮里，不管你是否愿意，不管你是否抱憾，新年的第一束光，总是不疾不徐、扑面而来。

回首既有，景桥最大的收获，就是于茫茫红尘之中，遇到了温暖的你。

在你来到景桥之家前，我们不曾相识；在你来到景桥之家后，我们不曾见面。

但通过文字，我们于万水千山中萍水相逢，于浅浅手机屏前相拥取暖。我们的每一次相遇，都像久别重逢。

在此，景桥要向"你的景和我的桥"（微信公众号 ID:jing6qiao）的每一位读者朋友，道一声衷心感谢，表一声祝福。

我们相互借光、相拥取暖、相守岁月、相盼未来。

我们交心知心、不离不弃。虽式微，却执着以罗振宇所言的"小趋势"力量，试图让这个世界变得更加温暖。

我们温暖世界，世界必将温暖我们。我们相信什么，世界就是什么。我们守护什么，世界就是什么。我们转发什么，世界就是什么。

这不正是，我们萍水相逢的深切共鸣吗？

景桥一介书生，年近不惑，本已拥有一份任务繁重、加班常态、劳损颇重的生计，生活亦是人到中年、坎坷奔波、疲惫不堪。但即若如此，仍执着于2017年4月1日起，利用难得的短暂的休息时间，开启了"你的景和我的桥"这个公众号，每周温暖一文，一直坚持至今。

其间，遇到困难无数，内中艰辛，实难详尽。景桥既非专职公号狗，更非媒体从业人士，繁重工作生活之余，原创数百篇，数十万文字，好不好且不说，难不难一心自知。

有很多次，很累，很倦，颈椎疼痛厉害，很想放弃。但看到读者诸君（请恕景桥土气，从不敢称呼关注者为"粉丝"）的温暖勉励，听到内心的呼唤，稍整行囊，复又挣扎而起。

近几年来，景桥坚守初心，不曾动摇。

什么初心？传递温暖的初心，坚持原创的初心，坚守零广告的初心，坚定纯个人的初心。

传递温暖，是有感于自媒体时代，泥石俱下，愿与诸君振臂一呼，为时代发出温暖的光。

坚持原创，实在是不想随意敷衍，是想和大家掏心窝子说说话。

坚守零广告，是因为景桥必须尊重每一位读者朋友，营造一个更加纯净舒适的阅读空间。你们在景桥之家，就是我的家人。

有时，看到很多超大号，张口闭口曰粉丝，曰带货，曰流量经济，曰商业变现，曰微店，无非一笑置之。

愿你出走半生　归来仍有故乡

坚定纯个人的初心，拒绝依附于任何机构，这也是独立思考的根本保障。在这里，无论是作者、小编、美编、校对，还是后台互动、打理，都只是景桥一人。如果给您回复了，那一定是景桥一个字一个字敲出来的。如果回复迟了或不曾回复，烦请见谅。那几天，景桥肯定是忙坏了。

在景桥之家，每一个人都是我的朋友、家人。我们一起努力，我写你读，通过一篇文字去传播温暖、交流思想，那里面的成就感、充实感和欣慰感，是任何金钱和名利都替代不了的。彼此精神的共鸣，胜过世间所有锦衣华服。

也正是因为你的一路温暖支持、长情陪伴，给了我一往无前的动力和信心。

一路走来，风雨兼程。而这些小小的成绩，不是因为景桥如何努力，最重要的是，有你们的陪伴、支持和鼓励。

在景桥之家，我们相拥取暖。这是我们的温度共同发出的光芒！

来日方长，我们都是追梦人。景桥当不忘初心，我手写我心，继续写温暖的人物、写温暖的乡愁、写温暖的历史、写温暖的时代。

愿你我继续相拥取暖，结伴前行，默然相守，在"你的景和我的桥"里，以文字之力，渡世间最有缘的桥，赏世间最温暖的景，结世间最长情的谊。

感恩，祝福，景桥的每一位朋友。